AF284882

Die Taunus-Ermittler Band 11 –

Mörderische Wut

Anmerkung:
Der KHV (Kelkheimer Handball-Verein) ist ein reines
Fantasieprodukt und keinem der existierenden Kelkheimer
Sportvereine nachempfunden. Dementsprechend sind alle im
Roman vorkommenden Spieler sowie Verantwortliche des Vereins
in unserem Roman keiner realen Person zugedacht. Eventuelle
Namensähnlichkeiten oder Ähnlichkeiten in Charaktereigenschaften
sind somit rein zufällig und keinesfalls beabsichtigt.

Von Gabriele und Jürgen Jost bereits erschienen:

Kriminalromanreihe Die Taunus-Ermittler:
Band 1 – Steinige Wege
Band 2 – Spuren
Band 3 – Endstation Linie 3
Band 4 – Wo ist Verena?
Band 5 – Blanke Gewalt
Band 6 – Tödliche Neugier
Band 7 – Tod in der Therme
Band 8 – Völlig willenlos
Band 9 – Rhodos, Mord inklusive
Band 10 – Blutiger Oktober

Bitte beachten Sie auch die Romane von Danica Brückne:

Meeresrauschen für Lara
Ausgemustert
Gewitter überm Bodensee

Weitere Infos erhalten Sie auf unserer Website.
Diese erreichen Sie unter:
www.Gabriele-und-Jürgen-Jost.de
www.Die-Taunus-Ermittler.de
www.Danica-Brückner.de

Gabriele und Jürgen Jost

Die Taunus-Ermittler 11 –

Mörderische Wut

Kriminalroman

Bibliografische Information der Deutschen Nationalbibliothek:
Die Deutsche Nationalbibliothek verzeichnet diese Publikation in der
Deutschen Nationalbibliografie;
detaillierte bibliografische Daten sind im Internet über
http://dnb.d-nb.de abrufbar.

© 2021 Gabriele und Jürgen Jost
Satz, Umschlaggestaltung, Herstellung und Verlag:
BoD – Books on Demand
ISBN: 978-3-7526-7696-9

1.

Claus Mergentheimer saß an seinem neuen Arbeitsplatz im Büro der Taunus-Ermittler, deren Team er seit seinem Ausstieg bei der Polizei im letzten Sommer verstärkte. Da auch Verena, Stefans Frau, seit Kurzem wieder halbtags mitarbeitete und Annika immer öfter am Telefon die Stellung hielt sowie sich zweimal wöchentlich der Buchhaltung erbarmte, wurde es zeitweise ganz schön eng in dem kleinen Büro in der Frankfurter Straße in Kelkheim.

Claus hatte es keine Sekunde lang bereut bei der Polizei ausgestiegen zu sein und nun das Team seiner Freunde Stefan Weimershaus und Peter Stettner zu verstärken, das seitdem das Kürzel »ST-W« aus dem Firmennamen gestrichen hatte. Obwohl der Anlass für seinen Ausstieg alles andere als schön gewesen war.

Da Verena sich nachmittags um ihre Zwillinge kümmerte, die nach den großen Ferien in die Schule kämen, Peter in einer Ermittlung unterwegs und Stefan beim Zahnarzt war, hatte er einen Moment lang Zeit, sich gedanklich mit den schrecklichen Ereignissen des letzten Jahres zu befassen. Erst danach wollte er daran gehen, seine Notizen in einem Betrugsfall zu sichten, an dem er im Moment für das Detektivbüro arbeitete.

Seine Gedanken schweiften zurück zu seinem letzten Tag bei der Hofheimer Kriminalpolizei, als sein Freund

und Kollege Simon Tannenbaum den Mörder seiner Frau erschossen hatte, nachdem dieser ihn beim Verhör aufs Übelste beleidigt und verhöhnt hatte.[1]

Claus hatte es nicht fertiggebracht, ihn festzunehmen, hatte dies seinen Kollegen übertragen und sich still und leise aus dem Staub gemacht. Dieses Ereignis hatte das Fass zum Überlaufen gebracht. Denn so einiges andere belastete ihn schon länger. Da war zum einen sein Vorgesetzter, Kriminalrat Manfred Schuchheim, der es sich in den Kopf gesetzt hatte, ihn zu seinem Nachfolger zu machen. Außerdem hatte sein Chef angeordnet, dass ausgerechnet er, der Ermittler aus Leidenschaft, nach seiner schweren Verwundung vor drei Jahren, kaum noch in die Außeneinsätze kam.[2] Und nicht zuletzt, weil der Haussegen bei ihm und Steffi wegen seiner vielen Überstunden reichlich oft schief hing, war ihm der Abschied von der Kriminalpolizei überraschend leichtgefallen.

Gerade als er darüber schmunzelte, wie schnell die beiden Detektive seinem Einstieg zugestimmt hatten, ging die Tür auf, und Peter kam herein.

»Na, du hast aber gute Laune«, sagte er, um dann ernst hinzuzufügen: »Hoffentlich verderbe ich sie dir nicht, wenn ich frage, wie es Simon geht. Du hast ihn doch gestern im Gefängnis besucht.«

»Ist schon okay, mal darüber reden zu können, tut mir gut. Es geht ihm verdammt mies. Er hat schon vor einiger Zeit einen Selbstmordversuch unternommen – wenn auch eher halbherzig. Und er hat mir im Vertrauen gesagt, dass er es wieder versuchen würde, wäre da nicht sein kleiner Sohn. Ihm zuliebe will er sich aber zusammennehmen.

---

1   Vgl. Die Taunus-Ermittler Band 10
2   Vgl. Die Taunus-Ermittler Band 8

Auch deshalb bin ich froh, dass ein Spitzenanwalt wie Burkhard ihn verteidigt hat. Totschlag, minderschwerer Fall, sieben Jahre, mehr war beim besten Willen nicht rauszuholen gewesen. Bei guter Führung ist er in fünf Jahren frei. Dann ist der Kleine fast zwölf.«

Peter wusste nicht so recht, was er dazu sagen sollte, deshalb ließ er sich in seinen Sessel fallen und schwieg.

Ein paar Minuten später meinte er jedoch: »Claus, was hältst du davon, wenn wir Feierabend machen? Es ist schon fast vier, Stefan kommt nach dem Zahnarzt auch nicht mehr her. Ich würde vorschlagen, wir schließen ab, morgen sehen wir uns ja alle bei Anjas Hochzeit.«

»Gute Idee.«

Die Trauungszeremonie, die der alte Pfarrer in der St.-Dionysius-Kirche in Kelkheim-Münster hielt, war ergreifend. Viele der zahlreichen Gäste kämpften mit den Tränen der Rührung. Anja erging es kaum anders, sodass sie sich in immer kürzeren Abständen mit ihrem Taschentuch über die Augen fuhr. *Oh nein*, dachte sie, *die Wimperntusche verläuft. Das hat mir gerade noch gefehlt.*

Verstohlen sah sie zur Seite und genau in die Augen ihres Bräutigams, der sie glückselig anlächelte, aber von ihren Nöten kaum etwas mitbekam.

Am Ende der Trauung hakte sich Anja, die jüngste Tochter des Anwalts Burkhard Pfannmöller bei ihrem frisch angetrauten Mann Jörg ein und schritt langsam den Gang entlang, zum Ausgang der Kirche hin. Die lange Schleppe ihres Hochzeitskleides zu tragen, hatten ihre beiden Nichten übernommen, die ihre Aufgabe sehr ernst nahmen und mit Bravour meisterten. Die Kleinen sahen in ihren Kleidchen richtig süß aus und kamen sich sehr wichtig vor.

Stefan und Peter arbeiteten nun schon seit fast zehn Jahren mit Dr. Pfannmöller zusammen und hatten ein entsprechend freundschaftliches Verhältnis zu ihm aufgebaut, aber auch Claus, der als ehemaliger Polizeibeamter den Anwalt bislang eher misstrauisch beäugt hatte, kam inzwischen sehr gut mit ihm aus. Da war es nicht weiter verwunderlich, dass auch er mit seiner Frau und der Tochter Carola zu der Hochzeit eingeladen war.

Zusammen mit den bestimmt einhundertfünfzig Gästen verließen sie die Kirche und trotteten gemächlich in Richtung des katholischen Gemeindehauses, wo die Feier stattfinden sollte, die ein rauschendes Fest zu werden versprach.

Vor ihnen gingen Jörg Volkmeiers Eltern, die in Bad Hersfeld ein kleines Hotel besaßen und sich für den heutigen Samstag, mitten in der Saison, einen Tag freigeschaufelt hatten. Wie Burkhard ihnen erzählt hatte, wollte Jörgs Vater noch in der Nacht zurückfahren, um am Sonntagmittag die neuen Gäste begrüßen zu können.

»Kommt mir irgendwie bekannt vor«, sagte Stefan grinsend, da waren sie am Gemeindesaal angekommen.

»Endlich wieder sitzen können«, sagte Peter und betrat das Gebäude. Stefan stimmte ihm zu, und Claus grinste.

»Hier sieht es aber toll aus«, sagte Annika Stettner beim Anblick des festlich geschmückten Saals zu Peter, ihrem langjährigen Lebensgefährten, den sie erst im letzten Jahr geheiratet hatte.

»Ja, da muss Burkhard ganz schön was hingeblättert haben, besonders für das Büfett«, bestätigte Peter strahlend und ging auf Burkhard zu, der ihnen gerade entgegenkam. »Na, Burkhard«, sagte er freundschaftlich, »jetzt ist auch deine Jüngste unter der Haube.«

Der Anwalt wollte gerade zu einer Antwort ansetzen, da

sagte Claudia Werker, seine Lebensgefährtin, schnell: »So langsam werden die Kinder flügge. Burkhard kann sich noch gar nicht so richtig daran gewöhnen.«

»Was machen deine Töchter denn so? Man kommt ja viel zu selten dazu, mal ein privates Wort zu wechseln«, fragte Stefan, da platzte der Anwalt auch schon heraus: »Anja hat einen soliden kaufmännischen Beruf erlernt und ist, wie ihr heute sehen könnt, nun auch verheiratet. Auf Karin, meine große, bin ich richtig stolz. Nur Beate, die mittlere, macht mir ziemliche Sorgen. Sie ist zwar verheiratet, aber sie scheint trotzdem nicht erwachsen werden zu wollen. Fast jede Nacht zieht sie um die Häuser und hat nun schon zum dritten Mal das Studienfach gewechselt. Wenn Rüdiger, ihr Mann, nicht mitkommen will, zieht sie eben allein los und kommt erst in der Früh zurück.«

»Dass der sich das einfach so gefallen lässt?«

»Ich hab schon mal mit ihm darüber geredet, aber ich hatte den Eindruck, er versteht mich überhaupt nicht. Manchmal glaube ich, der hat das Temperament von einer Schachtel Schlaftabletten. Ich habe immer gehofft, dass sie doch noch die Kurve kriegt und sich ein Beispiel an ihrer großen Schwester nimmt, aber ich gebe die Hoffnung bald auf.«

»Ist Karin denn so gut?«, fragte Stefan.

»Das kannst du laut sagen. Sie hat vor zwei Jahren ihren Doktor in Jura mit summa cum laude gemacht, seitdem arbeitet sie in einer Kanzlei im Frankfurter Westend. Die wollen sie gar nicht gehen lassen, dennoch kommt sie im Januar nach Schmitten zurück und wird dann in meine Kanzlei einsteigen.«

»Donnerwetter«, sagte Peter, »dann kannst du dich ja bald zur Ruhe setzen.«

»Ganz genau, das habe ich auch vor. Ich werde mich Schritt für Schritt aus dem Berufsleben zurückziehen, das heißt, ich werde ab dem nächsten Jahr nur noch die Fälle übernehmen, die mich wirklich interessieren. Schließlich werde ich in drei Jahren fünfundsechzig, dann ist endgültig Schluss. – So, jetzt lass uns aber mal schnell zum Büfett hinübergehen, sonst bekommen wir nur noch die Reste«, sagte der Anwalt lachend und setzte sich genau in dem Moment in Bewegung, als die kleine Combo zu spielen begann.

Während die Hochzeitsgesellschaft es sich gut gehen ließ, saß ein Mann nur wenige Kilometer entfernt in seiner kleinen, nicht gerade komfortablen Wohnung. Sie bestand nur aus einem knapp geschnittenen Schlafzimmer, einem winzigen Flur, einer recht geräumigen Wohnküche und einem alten Bad, das dringend einer Sanierung bedurft hätte. Seit seine Frau, wie er meinte, ihn bei der Trennung gnadenlos über den Tisch gezogen hatte, war er finanziell ausgeblutet und musste sich mit mehr als bescheidenen Mitteln begnügen. Mit fahrigen Bewegungen zündete er sich eine Zigarette nach der anderen an, starrte auf die schmutzige Tischdecke des Küchentischs und haderte mit seinem Schicksal.

Irgendwann sagte er laut in den schäbig eingerichteten Raum hinein: »Alles durfte geschehen, nur das nicht. Auch wenn du es noch nicht weißt, ich finde mich nicht damit ab, dass du all meine Pläne, aus dieser Scheiße hier herauszukommen, durchkreuzen willst.«

Dann stand er nervös auf und lief wie ein Tiger im Käfig, in seiner kaum fünfundvierzig Quadratmeter großen Wohnung, auf und ab.

»Die Flausen, die du im Kopf hast, werde ich dir schon austreiben«, brüllte der Mann unvermittelt los, und sein

Gesicht verzerrte sich zu einer wuterfüllten Grimasse. »Wart's ab, das dauert gar nicht mehr lange.«

Im Gemeindesaal ging es inzwischen hoch her. Das Büfett sah schon arg gerupft aus, und die ersten, überwiegend jüngeren Gäste kamen bei den heißen Samba-Rhythmen der Band auf die Idee, sich die gerade angefutterten Kalorien wieder abzutrainieren. Während es auf der Tanzfläche immer voller wurde, hatte Peter sich in eine ruhigere Ecke des Saals zurückgezogen, um darüber nachzudenken, was Burkhards Pläne für das Detektivbüro bedeuteten. Außerdem hoffte er so, um ein Tänzchen mit Annika herumzukommen. Es dauerte aber nicht lange, da wurden seine Gedanken in eine andere Richtung gelenkt, denn er ließ seinen Blick über die ausgelassen feiernde Hochzeitsgesellschaft schweifen. Er schmunzelte, als er Stefan, der ein miserabler Tänzer war, herumhopsen sah und bewunderte Burkhard, der mit seiner Claudia eine wirklich elegante Figur machte. Dann beobachtete er eine Weile Anja, die ja nun nicht mehr Pfannmöller, sondern Volkmeier hieß, und stellte fest, dass sie im Gegensatz zu ihrem Mann eine geübte Tänzerin war. Nur gut, dass Annika sich gerade offenbar lieber mit Verena unterhielt. Er hatte für dieses rhythmische Taumeln, wie er es abwertend nannte, nicht das Geringste übrig.

Lange brauchte er sich mit diesem Gedanken jedoch nicht zu beschäftigen, denn im nächsten Augenblick fiel sein Blick auf Sven, seinen inzwischen fast sechzehnjährigen Stiefsohn, der offensichtlich ganz gebannt in eine Richtung starrte. Peter folgte seinem Blick und sah ein Pärchen tanzen, das wohl zu Jörgs Freunden zählen musste, denn er war sich sicher, die beiden jungen Leute noch nie vorher gesehen zu haben.

»Also doch Mädels«, murmelte er und schmunzelte als er daran dachte, was Annikas Mutter im vergangenen Jahr vermutet hatte. Omas hatten also doch nicht immer den besseren Riecher.

Peter ließ seinen Blick etwas länger, als es sonst seine Art war, auf dem Pärchen ruhen, und so bekam er mit, dass die Frau ihrem Partner zu verstehen gab, eine Pause zu brauchen und zum Tisch zurückging. Der junge Mann hingegen begab sich zur Bar. Peter vermutete, dass Svens Blick bei der jungen, sehr hübschen Frau bleiben würde, aber zu seinem Erstaunen sah Sven dem Mann nach, der es sich bei seinen Freunden gemütlich machte.

Noch bevor er weiter darüber nachsinnen konnte, sah er plötzlich Anja, die ihr Hochzeitskleid inzwischen gegen ein elegantes Kostüm getauscht hatte, mit einem jungen Mann tanzen, von dem er glaubte, dass er Fabian Junker hieß. Burkhard hatte von ihm erzählt, dass er bis vor Kurzem mit Jörg Volkmeier zusammen einen Online-Schreibwarenladen betrieben hatte. Und dass sich Anja und dieser junge Mann nicht sonderlich grün waren.

Aber auch diesen Gedanken konnte Peter nicht weiterverfolgen, denn nun passierte das, von dem er gehofft hatte, dass es ihm erspart bleiben würde. Annika kam auf ihn zu und sagte bestimmt: »So, wenigstens ein kleines Tänzchen bist du mir schuldig.«

Am anderen Ende der Tanzfläche hatte Anja gerade mit ihrem Ehemann getanzt, als ihre Freundin Anuschka schon zum dritten Mal mit Fabian Junker an ihnen vorbeiwirbelte.

Was findet die bloß an dem, dass sie so ausdauernd mit ihm tanzt?, fragte sie sich gerade, da klatschte Fabian ihren Mann ab und übernahm seinen Part. *Auch das noch,* dachte sie, sträubte sich aber nicht dagegen, da sie wusste, dass er einer von Jörgs besten Freunden war.

Da sie ohnehin nicht sehr weit entfernt vom Ausgang waren, bekam sie zuerst gar nicht mit, dass er sie immer näher an den Ausgang führte, und als sie ungefähr auf der Höhe der Tür waren, flüsterte er: »Los, komm mit.«

Irritiert sah sie zu Anuschka hinüber, die jetzt mit Jörg tanzte, und diese nickte ihr nahezu unmerklich zu. Da war Anja alles klar. Ihre Freunde hatten doch eine Brautentführung geplant, obwohl sie sich im Vorfeld vehement dagegen ausgesprochen hatte. Jedoch schienen Jörgs Freund Fabian und dessen Clique die Drahtzieher des Ganzen zu sein. Ein leichtes Unbehagen erfasste sie, als Fabian sie recht derb am Arm packte und mit nach draußen zog. Dort warteten, im Halbdunkel der bereits hereinbrechenden Abenddämmerung, schon Kai Abraham, Tobias Oswald sowie ein weiterer junger Mann, den sie noch nicht kannte, der aber vermutlich auch aus Jörgs Clique war und sich kurz mit: »Hallo, ich bin Heiko« vorstellte.

Hätte ich nur im Vorfeld mit Kai geredet, dachte sie. Er war der Vernünftigste in der Clique, er hätte sie vielleicht verstanden, und ihr wäre dieser Blödsinn erspart geblieben. Sie biss dann aber die Zähne zusammen und dachte: *Na ja, da muss ich jetzt durch.*

Aber Jörgs Freunde ließen ihr kaum Zeit zum Nachdenken, denn Fabian Junker, der ihr Wortführer zu sein schien, sagte: »Schnell weg hier, bevor noch irgendeiner den Braten riecht.«

Dann rannten sie über den Münsterer Kirchplatz zur Frankfurter Straße hin, und Anja, der nichts anderes übrigblieb als mitzuspielen, wollte sie nicht als Spielverderberin dastehen, musste ihnen notgedrungen folgen. Dass sie sich dabei beinahe ihre sündhaft teuren High Heels ruinierte, mit denen sie mehrfach im Straßenpflaster hängenblieb, und dass das niemanden außer sie interessierte, ärgerte sie besonders.

Unwillkürlich kamen ihr dabei die Worte ihrer älteren Schwester Karin in den Sinn, die ihr geraten hatte, wenigstens ihr Hochzeitskleid gegen etwas Bequemeres einzutauschen. Denn bei deren eigener Brautentführung waren Kleid und Schuhe auf der Strecke geblieben.

»Karin, jetzt weiß ich, was du gemeint hast«, murmelte sie, und Fabian Junker, der sie fast schon unerbittlich mit sich zog, fragte misstrauisch: »Ist was?«

»Nein, alles gut.«

»Dann komm endlich und trödele nicht.«

»Meine schönen Schuhe …«

»Diese hochhackigen Dinger wirst du ab morgen bestimmt nicht mehr anziehen«, sagte er barsch und zog sie weiter mit sich.

Nur wenige Sekunden später kamen sie am ersten Lokal vorbei, und Heiko fragte: »Was haltet ihr hiervon?«

»Spinnst du? Da findet Jörg uns sofort«, antwortete Kai entrüstet, aber Heiko sagte trotzig: »Ich hab aber Durst.«

»Dafür ist später noch Zeit«, meinte Tobias, »also, wohin des Weges? Anja, wo findet uns dein Mann nicht so schnell?«

Die Angesprochene tat, als müsste sie überlegen, und sagte dann: »Gut zweihundert Meter die Frankfurter rauf, beim Griechen im Biergarten. Da ist es samstags immer proppenvoll, da entdeckt er uns nicht gleich.«

»Gute Idee«, stimmte Fabian überraschend schnell zu.

Das hat ja prima geklappt, dachte Anja. *Da sucht er garantiert als Erstes.*

Während sie die leichte Steigung der Frankfurter Straße

erklommen, bat Tobias eindringlich: »Geht doch mal ein bisschen schneller, sonst hat er uns gefunden, bevor wir dort sind.« Aber Anja erklärte schnaufend: »Ich kann nicht mehr.«

Sie trug sonst nur flache Schuhe und hatte mit diesen ewig hohen Absätzen ihre liebe Mühe mit den anderen Schritt zu halten. Sie hatte inzwischen wirklich genug.

»Stell dich nicht so an, schöne Braut, wir sind ja fast da«, sagte Fabian ungerührt und viel zu laut, dann zog er sie gnadenlos mit, der kleinen Sackgasse unterhalb des Biergartens entgegen.

Gerade als sie die kleine Straße überqueren wollten, kam aus der inzwischen vollends hereingebrochenen Dunkelheit ein Auto herangeschossen. Fabian, Tobias und Heiko blieben ruckartig stehen, was Anja nicht gelang. Sie geriet mit einem ihrer Pfennigabsätze in eine Ritze zwischen den Gehwegplatten, kam ins Straucheln, konnte sich aber noch auf dem Gehweg halten, bis sie für den Bruchteil einer Sekunde das Gefühl hatte, einen heftigen Stoß in den Rücken erhalten zu haben. Sie kippte nach vorn und prallte gegen die Tür des Wagens, dessen Seitenspiegel ihren Kopf streifte und sie zur Seite schleuderte.

Während sie zu Boden ging und augenblicklich das Bewusstsein verlor, traf es Kai Abraham noch schlimmer. Er hatte sich schon beim Sektempfang ausgiebig bedient und sich den ganzen Abend weitaus mehr flüssig ernährt als die anderen. Infolgedessen war er auch aufgekratzter und vor allem weniger aufmerksam. Fröhlich lachend hatte er als Erster die Fahrbahn betreten. Bis er den Wagen bemerkte, war es zu spät.

Der Fahrer versuchte nicht einmal zu bremsen, er hielt einfach drauf. Er erfasste Kai frontal, schleuderte ihn einige Meter weit durch die Luft und bog mit heftig auf dem Asphalt radierenden Reifen in die Frankfurter Straße ein. Kurz darauf war das Auto verschwunden. Kai knallte jedoch im gleichen Augenblick auf die Straße und traf dabei mit dem Genick so unglücklich auf die Bordsteinkante, dass er innerhalb weniger Sekunden tot war.

2.

Auf der Hochzeitsfeier amüsierten sich weiterhin alle prächtig, bis auf einmal jemand ausrief: »Die Braut ist verschwunden!«

»O nein!«, stöhnte Jörg Volkmeier genervt, der sich gerade mit seinen Eltern unterhielt, die er nicht sehr oft sah. Ihm war sofort klar, dass seine Freunde trotz seiner Bitte, von der Brautentführung abzusehen, ihre Ankündigung wahrgemacht hatten.

»Ich hatte so sehr gehofft darum herumzukommen. Begleitet mich jemand, oder muss ich allein losziehen?«

»Ich komme selbstverständlich mit«, sagte Manuel Goldbach, sein bester Freund und Trauzeuge, ohne zu zögern, und die beiden arbeiteten sich quer über die Tanzfläche dem Ausgang entgegen.

Anuschka Frank, Anjas beste Freundin, hatte von vornherein abgelehnt, sich an der Entführung zu beteiligen, weil sie wusste, wie Anja dazu stand. Ihre Freundinnen Viviane und Jaqueline hatten sich dem angeschlossen, obwohl sie das Ganze im Grunde etwas lockerer sahen. Doch weil Jörgs Freunde, allen voran der wenig sympathische Fabian Junker, die Organisation an sich gerissen hatten, waren auch sie ausgestiegen.

»Du hattest schon recht, dich da rauszuhalten«, meinte Jaqueline zu Anuschka, als sie den beiden nachsahen,

»wenn unsere ganze Clique jetzt auch noch verschwindet, ist hier nichts mehr los.«

»Wann sind die anderen eigentlich losgezogen?«, fragte die etwas molligere Viviane. »Ich habe davon nichts bemerkt.«

»Hättest du getanzt und nicht nur das Büfett niedergemacht, hättest du gesehen, wie Fabian das erstaunlich geschickt eingefädelt hat.«

Anuschka, die bislang schweigend zugehört hatte, sagte nun: »Kommt, wir gehen mal vor die Tür eine rauchen.«

»Gute Idee«, stimmten die anderen beiden ihr zu und folgten ihr.

Sie standen noch nicht lange in der angenehm kühlen Luft der Frühsommernacht, als der Klang mehrerer Martinshörner die Stille der Nacht zerriss.

Jaqueline, die als Krankenschwester in der Notaufnahme des Bad Sodener Krankenhauses arbeitete, hörte sofort heraus, dass neben einem Polizeiwagen mindestens zwei Rettungswagen durch die Nacht fuhren. Betroffen sagte sie: »Scheiße, dass auch in solch schönen Nächten immer etwas Schlimmes passieren muss.«

»Stimmt«, pflichtete Viviane ihr bei und begann auf einmal trotz der Strickjacke, die sie übergeworfen hatte, zu frösteln.

»Was hast du denn?«, fragte Anuschka, und die Freundin meinte: »Weiß nicht, ich hab auf einmal so ein saublödes Gefühl.«

Kriminalkommissar Hans Heisslitz und sein Vorgesetzter, Hauptkommissar Jörg Stuhlbein, fuhren über die nächtlich ruhigen Straßen von Hofheim nach Kelkheim. Es war Jörgs erster Nachtdienst, seit er sich von Wiesbaden nach

Hofheim hatte versetzen lassen, wo er Claus Mergentheimers Stelle eingenommen hatte. Als ihn der Anruf seiner Kelkheimer Kollegen erreicht hatte, die vor Ort die Unfallstelle gesichert hatten, war er sofort hellhörig geworden. Denn bei der Feststellung der Personalien hatten die Beamten herausgefunden, dass die verletzte Frau jetzt zwar Anja Volkmeier hieß, aber vorgestern noch Pfannmöller geheißen hatte. Da er den gewitzten Anwalt durch seine Tätigkeit inzwischen auch kannte und wusste, dass dessen Tochter an diesem Wochenende heiraten wollte, hatte ihn sofort ein schrecklicher Verdacht beschlichen. Als ihm der erfahrene Kelkheimer Beamte dann auch noch erklärt hatte, dass ihm an diesem Unfall so einiges sonderbar vorkam, waren sie sofort losgefahren. Außerdem hatten sie von unterwegs Franz Leitner und Barbara Seeger verständigt, die eigentlich frei hatten, und gebeten ebenfalls nach Kelkheim zu kommen.

Gerade als die Hofheimer Kriminalisten eintrafen, fuhren die Rettungswagen ab. Kurz zuvor war ihnen auf der Frankfurter Straße schon der Leichenwagen begegnet, der den getöteten Kai Abraham in das Gerichtsmedizinische Institut nach Wiesbaden bringen sollte. Die Kelkheimer Schutzpolizisten waren gerade dabei, den Unfallort weiträumig abzusperren, was ihnen den Unmut einiger Restaurantgäste einbrachte, die in der Gasse beim griechischen Lokal geparkt hatten und nun nicht mehr zu ihren Fahrzeugen gelangten. Sie würden wohl oder übel mit einem Taxi nach Hause fahren müssen.

»Das haben Sie ganz richtig gemacht«, sagte Jörg Stuhlbein zu dem Beamten, der die murrenden Leute abgewiesen hatte. »Wenn wir hier die Spurensicherung brauchen, und es sieht ganz danach aus, können wir uns den Tatort nicht von angetrunkenen Restaurantgästen zertrampeln lassen.«

»Tatort, meinen Sie …«

»Das weiß man nie. Wissen Sie eigentlich, wer die verletzte Frau ist?«

»Den Namen haben wir Ihnen schon durchgegeben. Aber Sie klingen, als wüssten Sie mehr. Kennen Sie sie denn? Wer ist sie?«

»Nicht persönlich, aber ihren Vater. Es ist der berühmte Strafverteidiger Burkhard Pfannmöller.«

»Oje, das heißt ja …«

»Ganz genau. Es könnte auch ein gegen ihn gerichteter Racheakt gewesen sein. Solange nicht eindeutig feststeht, dass es wirklich nur ein Unfall mit Fahrerflucht war, müssen wir die Sache wie einen Anschlag behandeln. – Wer war denn der junge Mann, der getötet wurde?«

»Kai Abraham. Über ihn wissen wir im Moment noch nicht viel.«

»Haben Sie die Unverletzten aus der Gruppe schon vernommen?«

»Ja, aber die stehen im Moment noch unter Schock. Aus denen war nicht viel herauszubekommen. Außer dass der Wagen den jungen Herrn Abraham frontal auf die Hörner genommen hat. Da war kein Zögern, kein Abbremsen oder Ausweichen. Gar nichts dergleichen. Werden Sie sie jetzt gleich noch einmal vernehmen?«

»Ich werde es versuchen. In Kürze kommen noch zwei Kollegen aus Hofheim, unterstützen Sie sie doch bitte bei der Befragung der Restaurantgäste.«

Anschließend wies Jörg Stuhlbein seinen Kollegen Hans Heisslitz an, die Spurensicherung zu verständigen, und begab sich dann zu den jungen Leuten hinüber, die der Kelkheimer Beamte im Biergarten des Lokals platziert hatte und die wie drei Häuflein Elend an einem Tisch saßen.

»Ich bin Kriminalhauptkommissar Jörg Stuhlbein aus Hofheim, wer sind Sie denn?«, fragte er.

»Das haben wir Ihren uniformierten Kollegen schon lang und breit erklärt«, entgegnete Fabian Junker zuerst trotzig, besann sich dann aber anders und stellte zuerst sich, dann seinen Halbbruder Heiko und schließlich Tobias Oswald vor. Bei der anschließenden Vernehmung war die einzige Gemeinsamkeit in den Aussagen der drei, dass es sich um einen dunklen Wagen gehandelt habe, schon bei Größe und Form gingen die Meinungen der drei recht weit auseinander. Während Fabian Junker ganz eindeutig einen Suzuki Swift erkannt haben wollte und damit als Einziger eine präzise Angabe machte, waren die anderen beiden nicht einmal einig darüber, ob es sich um einen Kleinwagen oder eine Limousine gehandelt hatte. Bei der Farbe war von Rostbraun, Dunkelgrün und Dunkelblau die Rede.

Nahezu gleichzeitig trafen die Kriminaltechniker aus Wiesbaden sowie Franz und Barbara ein. Der Hauptkommissar kam an den Zaun des Biergartens und instruierte seine Kollegen, sich von Polizeihauptmeister Wendel auf den Stand der Ermittlungen bringen zu lassen und anschließend Gäste und Personal des Restaurants zu vernehmen. »Vielleicht hat einer von ihnen etwas gesehen, was uns weiterbringt. Ich fahre derweil mit Hans zur Hochzeitsgesellschaft und überbringe die schlechten Nachrichten.«

Jörg Volkmeier und Manuel Goldbach, die seit den ersten Schultagen miteinander befreundet waren, kamen gerade vom Kirchplatz auf die Frankfurter Straße gelaufen, als ein Wagen neben den festlich gekleideten Männern anhielt und der Fahrer fragte: »Entschuldigen Sie, gehören

Sie vielleicht zu der Hochzeitsgesellschaft, die im Katholischen Gemeindesaal feiert?«

Manuel bejahte bereitwillig, während Jörg misstrauisch fragte: »Warum wollen Sie das denn wissen? Es ist eine geschlossene Gesellschaft.«

»Wir wollen ja auch nicht mitfeiern«, sagte der Beifahrer und grinste, »aber wenn Sie dazugehören, könnten Sie uns vielleicht zu Herrn Jörg Volkmeier bringen. Es ist wichtig.«

»Ich bin Herr Volkmeier. Um was geht es denn und vor allem, wer sind Sie eigentlich?«

»Das ist mein Kollege, Kommissar Hans Heisslitz, und ich bin Hauptkommissar Jörg Stuhlbein von der Hofheimer Kriminalpolizei«, stellte der Fahrer seinen Kollegen und sich vor. »Ich habe Ihnen etwas sehr Wichtiges mitzuteilen, möchte es aber Ihnen allen im Saal sagen. Es betrifft die gesamte Hochzeitsgesellschaft.«

»Machen Sie es doch nicht so spannend, was ist denn los?«

Der erfahrene Beamte ließ sich jedoch nicht erweichen und sagte nur: »Gehen Sie bitte voraus, wir folgen Ihnen.«

»Aber ich muss doch …«

Hauptkommissar Stuhlbein sagte nur »Bitte« und sah ihn dabei so durchdringend an, dass jeder Widerstand im Keim erstickte. Die beiden jungen Männer machten auf dem Absatz kehrt und trabten zum Gemeindesaal zurück.

Während der Hauptkommissar den Wagen im Schritttempo hinterherrollen ließ, sagte er zu seinem Kollegen: »Mir ist es lieber, er erfährt erst, was geschehen ist, wenn ihn seine Familie und Freunde umgeben. Dann können sie ihn davon abhalten, irgendeinen Mist zu bauen. Stell dir vor, Hans, er würde losziehen und der Spurensicherung zwischen den Beinen herumtrampeln. Oder sich gar mit seinem betrunkenen Schädel ins Auto setzen und versuchen in die Klinik zu fahren.«

Kurz darauf betraten die Polizisten hinter Jörg Volkmeier und Manuel Goldbach den Saal und ließen sich zu den Musikern bringen. Hier ergriff Jörg Stuhlbein kurzerhand das Mikrofon, bat um Ruhe und stellte sich vor. Augenblicklich verstummte nicht nur die Musik, sondern auch das fröhliche Lachen. Obwohl kaum einer der Gäste mehr nüchtern war, begriffen alle sehr schnell, dass etwas Fürchterliches geschehen sein musste.

»Nicht weit von hier, unterhalb des griechischen Lokals, hat gerade die Brautentführung ein schlimmes Ende gefunden. Ein bislang noch unbekannter Autofahrer ist in die kleine Gruppe gerast und hat dabei zwei Menschen angefahren. Es handelt sich dabei um Kai Abraham und Anja Volkmeier. Kai Abraham ist noch am Unfallort seinen schweren Verletzungen erlegen.«

»Was ist mit Anja! Ist sie …«, schrie ihr Mann auf, dann verstummte er, und sein Gesicht verlor in Sekundenbruchteilen jegliche Farbe.

»Sie wurde zum Glück nicht frontal erwischt wie der junge Mann, dennoch ist ihr Zustand ernst und besorgniserregend. Ich habe noch kurz mit dem Notarzt sprechen können, und er hat mir versichert, dass sie im Moment zwar stabil, aber bewusstlos und nicht ansprechbar ist. Sie schwebt nach wie vor in Lebensgefahr.«

Jörg Volkmeier ließ sich kraftlos auf den nächstbesten Stuhl fallen, und hätte sein Schwiegervater ihn nicht gestützt, er wäre glatt zur Seite gekippt. Seine Eltern bekamen von alledem nichts mehr mit, da sie eine halbe Stunde zuvor in Richtung Bad Hersfeld aufgebrochen waren und sich irgendwo auf der Autobahn in Richtung Gießen befinden mussten. Daran, sie anzurufen, dachte im allgemeinen Tohuwabohu niemand.

Auch Burkhard Pfannmöller stand der Schrecken deutlich ins Gesicht geschrieben, als er mit schwankenden Schritten ans Mikrofon trat und die Feier für beendet erklärte. Nur wenige Augenblicke später begann sich der Saal zu leeren, und da die meisten Gäste tief betroffen vom Geschehenen waren, murrte kaum einer, dass der fröhliche Abend ein so jähes Ende gefunden hatte.

Auch die Musiker packten wortlos zusammen, und als sie den Saal verließen, sagte der Bandleader zu Burkhard: »Wir berechnen Ihnen den Abend selbstverständlich nur zur Hälfte.« Der Anwalt war aber so sehr in seinen eigenen Gedanken gefangen, dass er weder den Musiker hörte noch die Worte von Hauptkommissar Stuhlbein zu ihm durchdrangen, der ihn bat, kurz bei ihm Platz zu nehmen.

Erst als Peter ihn am Arm nahm und zu dem Tisch führte, an dem die Polizisten Platz genommen hatten, kam ein klein wenig Leben in den um Jahre gealtert scheinenden Anwalt zurück. Er setzte sich und fragte: »Ein Unfall mit Fahrerflucht, also?«

»Es sieht zumindest auf den ersten Blick so aus. Aber es könnte auch mehr dahinterstecken.«

»Wie darf ich das verstehen?«

In knappen Worten umriss Kommissar Stuhlbein das Szenario, das sich ihm am Unfallort bei dem griechischen Lokal geboten hatte, und als er mit seinen Schilderungen bei Kai Abraham angekommen war, sagte der Anwalt mit müder Stimme: »Ich verstehe, was Sie meinen. Es bleiben neben der Möglichkeit, dass es wirklich nur ein betrunkener Autofahrer gewesen war, drei andere Varianten.

Jemand hatte es ganz gezielt auf diesen Herrn Abraham abgesehen, und Anja wurde nur versehentlich mit hineingerissen. Oder aber Anja war das Ziel. Was ich aber fast noch schlimmer fände, wäre, wenn jemand damit mich, den Strafverteidiger, treffen wollte. In den beiden letzten Fällen wäre der arme Herr Abraham einfach nur zur falschen Zeit am falschen Ort gewesen.«

»So ähnlich sehen wir das auch«, sagte Kommissar Heisslitz, und sein Kollege fügte hinzu: »Bitte denken Sie bis morgen darüber nach, wer Ihnen eventuell Schaden zufügen will, und kommen Sie morgen gegen zehn … oder wollen Sie jetzt noch einmal nach Bad Soden fahren, um mit dem Arzt zu sprechen?«

»Ich werde zumindest versuchen, dort jemanden zu erreichen.«

»Ich habe die Durchwahl zum Arzt in der Notaufnahme, der Ihre Tochter inzwischen vielleicht schon untersucht hat. Ich werde Sie ankündigen, dann wird er bestimmt noch kurz mit Ihnen sprechen. Wenn Sie morgen erst gegen zwölf zu mir kommen, ist das auch okay.«

»Danke.«

Kurz darauf verließen die beiden Beamten den Saal.

Inzwischen waren nur noch Peter, Stefan und Claus mit ihren Familien, Jörg sowie Burkhards Patchworkfamilie anwesend. Während Jörg teilnahmslos auf seinem Stuhl hing und Löcher in die Luft starrte, telefonierte Burkhard mit dem örtlichen Taxiunternehmer und bestellte einen Siebensitzer. Denn dass nicht nur er, sondern auch der Rest der Familie – seine anderen beiden Töchter, seine Lebensgefährtin, ihr Sohn und Jörg – mit ins Krankenhaus fahren würden, war glasklar.

»Fahrt ihr nur, wir machen hier klar Schiff, ihr braucht euch um nichts zu kümmern«, sagte Peter, und die anderen stimmten ihm zu.

Burkhard sah Peter dankbar an, dann meinte er traurig: »Eigentlich wollten wir an diesem Abend noch etwas Schönes bekanntgeben. Claudia und ich haben uns entschlossen, nächstes Jahr zu heiraten, und wollten eigentlich unsere Verlobung verkünden. Aber das muss jetzt warten, bis ich weiß, was mit Anja ist. Von euch erwarte ich, dass ihr euch in den Fall einmischt, falls die Polizei in den nächsten ein, zwei Tagen zu keinem greifbaren Ergebnis kommt.«

»Klar«, sagte Peter, und Stefan fügte hinzu: »Nicht erst dann. Wir stellen ab sofort alles andere zurück.«

»Gut, dann komme ich morgen, sobald ich auf der Polizeiwache war, bei euch vorbei, und wir reden über alles«, sagte Burkhard Pfannmöller, während die Tür zum Saal aufging und der Taxifahrer hereinkam.

3.

Am nächsten Morgen ging es bei der Hofheimer Polizei hoch her. Nicht nur dass Jörg Stuhlbein, der neue Hauptkommissar, mit der Vernehmung alle Hände voll zu tun hatte, ihm machte außerdem ein besonders schlecht gelaunter Kriminalrat das Leben schwer. Ständig nörgelte der Chef der Hofheimer Polizeistation an allem herum, und keiner konnte es ihm recht machen. Insgeheim hatte Hauptkommissar Stuhlbein Verständnis für seinen Vorgesetzten, denn der hatte seit Jahren darauf hingearbeitet, dass Jörgs Vorgänger ihn zum Ende des Jahres ablösen würde. Aber als Claus Mergentheimer im letzten Oktober für alle überraschend seinen Dienst quittiert hatte, waren all die Gespräche, die Schuchheim in dieser Sache geführt hatte, hinfällig geworden.

Jörg, der Claus seit Jahren gut kannte, wusste aber auch, dass Claus auf dem Posten des Kriminalrates nicht glücklich geworden wäre. Claus war, genau wie er selbst, mehr der Typ, der vor Ort mitmischen musste.

Jörg Stuhlbein hatte aber keine Zeit, sich lange mit solchen Gedanken aufzuhalten. Gerade als er einen Schluck von seinem längst kalt gewordenen Kaffee trinken wollte, kam Schuchheim ins Zimmer gestürmt und raunzte den Beamten, den er eigentlich für einen guten und fähigen Kriminalisten hielt, an: »Sind Sie in den Vernehmungen immer noch nicht weitergekommen? Wird ja mal langsam Zeit, oder?«

Da ging die Tür erneut auf, und Schuchheims Sekretärin trat ein.

Er fuhr herum und herrschte sie an: »Was wollen Sie denn nun schon wieder?«

»Mein Rechner ist abgestürzt, ich krieg das Ding nicht mehr in Gang. Könnten Sie nicht …«

»Meine Güte, kriegen Sie denn gar nichts selbst hin?« Er hielt kurz inne, atmete durch und sagte dann mit bemühter Ruhe: »Entschuldigung, war nicht so gemeint. Erst zitiere ich Sie am Sonntag hierher, und dann schnauze ich Sie auch noch an. Die Entschuldigung gilt auch für Sie, Stuhlbein. Ich bin im Moment ziemlich mit den Nerven runter.«

»Ich müsste unbedingt das Schreiben wegen der drei vorgeschlagenen Bewerber für Ihre Nachfolge fertigmachen, damit es am Montag ans Innenministerium geschickt werden kann«, sagte die Sekretärin. »So langsam wird die Zeit knapp.«

»Machen Sie das erst mal von Herrn Tannenbaums Arbeitsplatz aus, bevor sich morgen ein Techniker Ihres Rechners erbarmt. Dieser Schreibtisch ist ja immer noch unbesetzt. Wer weiß, ob und wann wir da wieder jemanden bekommen.«

Schuchheim stöhnte theatralisch auf und wandte sich dann wieder seinem Untergebenen zu: »Man hat mir drei Kandidaten für den Posten angeboten, ich soll sie mir ansehen und sagen, wer am besten für die Stelle infrage kommt. Nur, woher zum Teufel soll ich denn das wissen?«

»Darf ich einen Vorschlag machen?«, fragte Jörg Stuhlbein zuerst vorsichtig, aber als er keine Antwort bekam, setzte er entschlossen hinzu: »Vereinbaren Sie doch mit allen dreien einen oder zwei Probetage und stellen Sie ihnen einige Aufgaben, wie sie in der Praxis vorkommen. Wer diese Aufgaben am besten löst, hat den Job. Sollte es unentschieden ausgehen, gibt es hier im Haus genügend Kollegen, mit denen Sie sich beraten können. Dann treffen wir alle eben gemeinsam die Entscheidung.«

»O Gott, Stuhlbein. Sie fangen schon genauso an wie Ihr Vorgänger. Lassen Sie das nur schnell wieder sein.«

»Was?«

»Diese unkonventionellen Gedankengänge. Da war Ihr Vorgänger ein unschlagbarer Meister drin. Diese drei Kandidaten sind allesamt gestandene Hauptkommissare, zwei davon bereits Revierleiter in Osthessen, der dritte der Stellvertreter eines solchen in Kassel. Ich kann diese Leute unmöglich wie die Schulbuben in die Schulbank zitieren.«

Von der vergleichsweise fast schon ruhigen Antwort seines Vorgesetzten ermuntert, wagte Jörg Stuhlbein zu sagen: »Na, dann machen Sie es eben wie viele Ihrer Vorgänger und lassen das Parteibuch entscheiden.«

Aber auch das passte Schuchheim nicht. Ärgerlich schnaubend drehte er sich um und verließ den Raum. Gleich darauf kam Hans Heisslitz aus dem Vernehmungszimmer herüber.

»Jörg, willst du noch einmal mit den dreien reden?«

Obwohl die beiden erst seit wenigen Wochen zusammenarbeiteten, war aus ihnen schon ein richtig gutes Team geworden.

»Nein, das macht ihr schon, da habe ich vollstes Vertrauen«, sagte er zu Hans und meinte damit auch Franz Leitner, denn die beiden waren die Dienstältesten und erfahrensten Beamten der Hofheimer Kriminalpolizei. »Aber nachher, wenn ihr fertig seid, besprechen wir die Protokolle. Außerdem kommt in einer guten Stunde Burkhard Pfannmöller, der Vater der verunglückten Braut.«

»Ich weiß, ich kenne ihn. Wir hatten hier schon oft mit ihm zu tun. Obwohl er als Anwalt ein ganz scharfer Hund ist, kann man gut mit ihm reden. Er ist ein umgänglicher Mensch.«

»Diesen Eindruck hatte auch ich von ihm«, sagte Hauptkommissar Stuhlbein gerade, da kam Franz Leitner ins Zimmer.

»Schon fertig?«

»Ja, ich hab sie erst mal gehen lassen.«

»Erst mal? Wieso, war was?«

»Hier, hör selbst«, sagte Leitner und reichte seinem Vorgesetzten den USB-Stick.

Jörg Stuhlbein hörte sich ruhig und geduldig die Mitschnitte an, sah zwischendurch anerkennend zu seinen Mitarbeitern hinüber, die genau die richtigen Fragen gestellt hatten, und sagte, als die Aufnahme am Ende angekommen war: »Ich verstehe, was du meinst. Man hat deutlich den Eindruck, dass Fabian Junker nicht die Wahrheit sagt. Tobias Oswald scheint etwas zu wissen, hält sich aber zurück. Nur Fabians Bruder Heiko dürfte ahnungslos sein, denn er war vermutlich so betrunken, dass er von dem ganzen Vorfall wohl nicht allzu viel mitbekommen hat.«

»So ähnlich sehen wir das auch«, sagte Hans, »deshalb haben wir sie auch erst einmal nicht weiter bedrängt. In ein, zwei Tagen, wenn sie meinen alles überstanden zu haben, kommen wir zu ihnen nach Hause und drehen jeden einzeln durch die Mangel.«

»Genau, dann werde ich aber dabei sein.«

Es war gerade halb zwei und die Detektive noch nicht lange aus der Mittagspause zurück, da ging die Tür zu dem kleinen Büro in der Frankfurter Straße auf, und Burkhard Pfannmöller trat ein.

»Hallo, da bin ich. Schön, dass ihr am Sonntag für mich Zeit habt.«

»Das ist doch selbstverständlich«, sagte Peter. »Wie geht es denn Anja?«

»Unverändert. Im Moment stabil, aber dennoch kritisch. Sie ist noch lange nicht über den Berg.«

»Was gab's bei der Polizei?«

»Dieser Hauptkommissar Stuhlbein scheint mir ein fähiger Kopf zu sein, dennoch bin ich irgendwie nicht so ganz mit seiner Theorie einverstanden.«

»Wieso?«, fragte nun Claus.

»Kann ich nicht sagen. Was er andeutet, hat Hand und Fuß, aber ich weiß nicht.«

»Was meint er denn?«, mischte sich nun Stefan ein, dem das Ganze zu langsam ging.

Dr. Pfannmöller berichtete ihnen, welche Schlüsse der Kommissar gezogen hatte: »Herr Stuhlbein ist fest davon überzeugt, dass dieser Fabian Junker in die Sache verwickelt ist, kann es ihm aber im Moment noch nicht nachweisen. So weit bin ich bereit ihm zu folgen. Dass er jedoch glaubt, ein betrunkener Zecher aus dem Restaurant hätte Kai Abraham angefahren und Fabian hätte nur die Gunst der Stunde genutzt, um Anja, auf die er einen Hass hatte, loszuwerden, glaube ich nicht so recht.«

»Wieso soll dieser Junker einen Hass auf deine Tochter gehabt haben? Das kommt mir abwegig vor«, sagte Peter, aber der Anwalt entgegnete: »Nein, das ist es nicht. Er ist ein Hitzkopf, und er macht sie dafür verantwortlich, dass mein Schwiegersohn sich aus dem Onlinehandel zurückzog. Das stimmt auch so weit, als ich Anja dringend empfohlen habe, dahingehend auf ihren damaligen Verlobten einzuwirken.«

»Okay, aber warum zweifelst du an Stuhlbeins Erklärung?«

»Weil ich Fabian Junker besser kenne. Ich bin ihm zwei- oder dreimal begegnet, als ich Jörg in seinem Geschäft besuchte. Das war in der Zeit, als es dem Onlinehandel schon nicht mehr so gut ging. Ich hatte ganz stark den Eindruck, dass Fabian Junker alles andere als schnell war oder gar flexibel. Ich halte ihn, kurz gesagt, für unfähig, spontan auf eine sich bietende Möglichkeit zu reagieren. Zumal er fast 1,5 Promille Alkohol im Blut hatte. Genau, Stuhlbein hatte alle Beteiligten einen Alkoholtest machen lassen. Heiko Junker hatte übrigens gut 2 und Tobias Oswald 1,1 Promille. – Ach ja, die Polizei hat an dieser Straßenecke das Spiegelglas von gleich mehreren Autos gefunden. Ein erster Schnelltest im Polizeilabor in Wiesbaden hat ergeben, dass kein Glas von einem Suzuki Swift dabei war, wie Fabian Junker einen gesehen haben will. Laut dem Kommissar kracht es an dieser Ecke öfter mal, weil angetrunkene Restaurantgäste es nicht fertigbringen, den Wagen stehen zu lassen. Dass kein Glas von einem Wagen dabei war, wie Fabian Junker ihn fast schon detailliert beschrieben hat, stützt für den Kommissar die Theorie, dass Fabian diesen Wagen nur erfunden hat, um vom wahren Unfallfahrer abzulenken. Der hat vielleicht von seinem Stoß etwas mitbekommen und wird, falls er gefasst wird, bereitwillig gegen ihn aussagen, um seine eigene Situation zu verbessern. So weit, so gut. Nur dass Fabian Junker allein gehandelt hat …«

»… glaubst du nicht. Du meinst also, dass der Fahrer mit von der Partie war?«

»Genau das meine ich. Ja, und er war in meinen Augen sogar der eigentliche Planer der Tat.«

»Aber wer könnte das sein?«

»Gute Frage. Es müsste jemand sein, der etwas gegen Anja, mich oder meinen Schwiegersohn hat, und er muss nah genug an uns dran sein, um darüber Bescheid zu wissen, dass Fabian auch nicht gut auf Anja zu sprechen ist, vorsichtig gesagt. Er hat ihn wohl ganz gezielt zu seinem Werkzeug gemacht.«

»Meinst du nicht, das ist etwas weit hergeholt?«, fragte Stefan.

»Keineswegs, zumal ich schon auf den ersten Blick mehrere Kandidaten dafür hätte. Wer weiß, wer da noch alles zum Vorschein kommt, wenn ich erst meine Unterlagen durchforste.«

»Und wie passt Kai da hinein?«

»Ein Kollateralschaden, wenn ihr mich fragt. Da der Fahrer aber nicht einmal einen halbherzigen Versuch gemacht hat ihm auszuweichen, solltet ihr zur Sicherheit auch in seine Richtung ermitteln. – Nun zu den von mir ins Spiel gebrachten möglichen Drahtziehern. Da ist als Erstes Anjas Exfreund, der die Trennung von ihr noch immer nicht verwunden und erst letzte Woche vor unserem Haus randaliert hat. Er wollte wissen, wo Anja steckt. Als ich es ihm nicht sagte und mit der Polizei drohte, wurde er ausfällig und beinahe sogar handgreiflich.«

»Okay, wie heißt er?«

»Ralf Möller.«

»Und wer sonst noch?«

»Einer meiner Mandanten. Er ist immer wieder übergriffig gegenüber seiner Familie geworden. Daraufhin hat seine Frau sich von ihm getrennt und wollte ihm außerdem das

Umgangsrecht mit seiner Tochter entziehen lassen. Da ich neben Strafrecht, wie ihr wisst, auch Familienrecht mache, habe ich ihn vertreten. Ich könnte mich heute noch dafür ohrfeigen. Obwohl ich so einiges für ihn herausgeholt habe, was bei der Vorgeschichte nicht unbedingt zu erwarten war, war er mit diesem Ergebnis ganz und gar nicht einverstanden. Immerhin darf er seine Tochter unter Aufsicht des Jugendamtes weiterhin sehen, sobald er sich entschließt eine Anti-Gewalt-Therapie anzutreten. Dennoch hat er noch im Gerichtssaal die wüstesten Beschimpfungen gegen mich und die Richterin losgelassen und dabei auch unsere Kinder nicht verschont.«

»Da könnte schon was dran sein«, sagte Claus nachdenklich und schenkte dem Anwalt eine weitere Tasse Kaffee ein. »Gibt es noch weitere Kandidaten?«

»Ja, da existiert schließlich noch ein ganz spezieller Freund von Anja. Wie ihr wisst, ist sie eine manchmal recht radikale Tierschützerin. Bei uns im Ort gibt es jemand, der hat nicht nur seinen Hund gequält, sondern Schafe und Kaninchen unter absolut unwürdigen Umständen gehalten, in kalten, zugigen und schmutzigen Behausungen. Anja hat so lange bei Polizei und Tierschutzverein Anzeigen gegen den Mann erstattet, dass er nun gar keine Tiere mehr halten darf. Sein Fehlverhalten sieht er bis heute nicht ein. Wie auch immer, erst letzte Woche hat jemand auf einer Kreuzung das Auto von Anja absichtlich gerammt. Als derjenige sah, dass nicht Anja am Steuer saß, sondern Claudia, die sich den Wagen geliehen hatte, ist er unerkannt davongerast. Dieser Wagen war übrigens ein dunkelblauer Suzuki Swift.«

»Danke, das war sehr aufschlussreich. Wir werden uns sofort an die Arbeit machen«, sagte Stefan und geleitete den Anwalt, der aus Sorge um seine Tochter nur noch ein Schatten seiner selbst war, zur Tür. Zurück im Büro, fragte er: »Wie wollen wir weiter vorgehen?«

»Es ist Sonntagnachmittag, fast sechzehn Uhr«, sagte Peter nachdenklich, »die Polizei wird die Eltern von Kai Abraham gerade erst befragt haben, da können wir nicht auch noch aufkreuzen. Ich schlage vor wir machen Feierabend für heute und treffen uns morgen früh, am besten schon um acht Uhr, alle, auch Verena und Annika, hier im Büro. Wenn wir mit vereinten Kräften an der Sache arbeiten, werden wir schon bald etwas Greifbares in Händen halten.«

Etwa zur gleichen Zeit verließen Hauptkommissar Stuhlbein und sein Kollege Hans Heisslitz schweigend die Wohnung der Familie Abraham im Stadtteil Hornau.

Als sie den Wagen erreichten, sagte Heisslitz: »Daran werde ich mich nie gewöhnen. Eltern, die gerade ihr Kind verloren haben, mit Fragen zu löchern. Wenigstens haben es heute Nacht die Kelkheimer Kollegen übernommen, ihnen die schlechte Nachricht zu überbringen.«

»Sich nicht daran zu gewöhnen ist gut so. Wenn wir irgendwann einmal so abgestumpft sind, dass uns das Leid der Menschen nichts mehr ausmacht, dann sind wir für diesen Beruf nicht mehr geeignet.«

»Stimmt, aber etwas Wichtiges haben wir wenigstens erfahren. Er hatte seit Kurzem eine Freundin, und die weiß vermutlich noch nicht, was geschehen ist.«

»Dann lass uns gleich hinfahren, es sind ja nur wenige hundert Meter von hier. Vielleicht erfahren wir dort noch etwas, das uns weiterbringt.«

Jörg Stuhlbein startete den Wagen und fuhr in den Gagernring hinüber, wo die junge Frau, nicht weit vom Privatgymnasium entfernt, in einem Mehrfamilienhaus wohnte. Sie läuteten, und nahezu gleichzeitig summte der Türöffner.

Als sie die Treppe hinaufkamen, hörten sie eine Stimme, die rief: »Kai, bist du es?«, und sahen sich kurz darauf einer durchaus noch jungen Frau gegenüber, die aber deutlich älter als der getötete Kai Abraham zu sein schien.

»Sind Sie Antje Probst?«, fragte Hans Heisslitz.

»Ja, und wer sind Sie?«

»Wir kommen von der Kriminalpolizei Hofheim. Hier sind unsere Ausweise«, sagte Jörg Stuhlbein, und als die Frau sie eingehend studiert hatte, fragte er: »Können wir reingehen?«

Antje Probst bat die Beamten herein, und als sie in der gemütlichen Sessellandschaft im Wohnzimmer Platz genommen hatten, fragte die junge Frau: »Was hat Kai denn Schlimmes angestellt?«

»Wie kommen Sie denn darauf?«

»Ich hatte ihn eigentlich am frühen Morgen zurückerwartet, er war auf einer Hochzeit. Ich war auch eingeladen, konnte aber wegen eines heftigen Migräneschubs nicht hingehen. Haben er und seine Clique etwas angestellt? Ist er im Polizeigewahrsam? Wenn die Jungs etwas getrunken haben, machen sie manchmal Blödsinn.«

»Gehören Sie auch zur Clique?«, fragte Hans Heisslitz, ohne auf ihre Frage einzugehen.

»Nein, zumindest nicht so richtig. Die Jungs sind alle so zwischen zweiundzwanzig und fünfundzwanzig. Ich bin einunddreißig. Das passt nicht so recht.«

Die Polizisten nutzten die Gunst des Augenblicks und fragten nach der Hochzeit von Jörg Volkmeier und Anja Pfannmöller. Dabei erfuhren sie, dass auch Anja eine Mädchenclique um sich geschart hatte, und die beiden

Gruppen im Vorfeld der Hochzeitsplanungen dabei waren zusammenzuwachsen. Aber auch bei den jungen Frauen, deren Namen sie den Polizisten nannte, fühlte Antje Probst sich nicht so recht heimisch. Lediglich Kai zuliebe zog sie manchmal mit ihnen zusammen los.

Als sie den Polizisten weitere zehn Minuten lang Rede und Antwort gestanden hatte, ohne wirklich zum Nachdenken zu kommen, platzte es plötzlich aus ihr heraus: »Verdammt noch mal, was ist denn eigentlich geschehen? Wegen einer Kneipenschlägerei und ein paar Jungs in der Ausnüchterungszelle schicken die Bul... äh, die Polizei doch nicht gleich die Kripo.«

»Nein«, es ist etwas Schreckliches geschehen«, sagte nun Jörg Stuhlbein und berichtete, was sich ereignet hatte. Als er an der Stelle angekommen war, wo der Autofahrer Kai angefahren hatte, schlug die Frau ihre Hände vors Gesicht und stammelte: »Ist ... ist ...«

»Ja, Ihr Freund ist noch an der Unfallstelle verstorben.«

Antja Probst schrie auf, sank anschließend wie ein Häuflein Elend in ihrem Sessel zusammen und wimmerte vor sich hin. Die Polizisten sahen sich genötigt einen Arzt anzurufen und bei ihr zu bleiben, bis er vor Ort war.

Ein weiterer Versuch, noch einmal mit ihr ins Gespräch zu kommen, blieb ergebnislos, da die junge Frau kaum noch auf ihre Umwelt reagierte und zu keinem zusammenhängenden Satz mehr fähig war.

Nachdem Burkhard Pfannmöller das Detektivbüro verlassen hatte, war er schnell nach Hause gefahren, hatte Claudia Werker sowie seine Töchter Karin und Beate abgeholt und Jörg verständigt, dass sie jetzt ins Krankenhaus führen. Er solle mit seinem Wagen nachkommen. Claudias Sohn

Sebastian, der in Hamburg Medizin studierte, hatte bereits wieder dorthin abreisen müssen, da eine wichtige Prüfung anstand.

Im Wartebereich vor der Intensivstation trafen sie sich. Da sie nur in Zweiergruppen zu Anja gelassen wurden, gingen Burkhard und Claudia zuerst ins Krankenzimmer und erschraken, als sie Burkhards Jüngste an zahlreichen Apparaten und Schläuchen hängen sahen.

Nur wenige Augenblicke später kam der Stationsarzt herein und erklärte ihnen: »Keine Angst, das dient alles nur zur Kontrolle. Ganz so schlimm, wie es aussieht, ist es nicht mehr. Aber wir haben sie wegen ihrer starken Schmerzen in ein künstliches Koma versetzt. Wenn in den nächsten zwei Tagen nichts Unerwartetes geschieht, und danach sieht es im Moment nicht aus, können wir sie vielleicht schon aus der Bewusstlosigkeit holen und auf die normale Station verlegen. In der Klinik wird sie aber noch einige Zeit bleiben müssen. Die größte Katastrophe ist, dass sie etwa in der zehnten Woche schwanger war und wir das Kind nicht retten konnten.«

»Sie hätte ein Kind …«, sagte Burkhard nur, dann verließ er fast schon fluchtartig das Zimmer. Zurück im Warteraum fragte er die anderen, ob sie etwas von der Schwangerschaft gewusst hätten, aber alle verneinten.

Völlig fassungslos sagte er: »Irgend so ein Mistkerl hat mein Enkelkind auf dem Gewissen. Beate, Karin, geht ihr jetzt rein und schickt Claudia her. Sie muss mich auf der Stelle nach Hause fahren, ich bin dazu jetzt nicht in der Lage. Ihr beide nehmt bitte ein Taxi. Du, Jörg, gehst am besten als Letzter rein und bleibst ein bisschen länger. Auch wenn sie schläft, sie spürt es, dass du da bist, da bin ich mir sicher.«

Einige Stunden später kam Jörg aus der Klinik zurück in seine Wohnung. Er war so lange geblieben, bis der Chefarzt ihn mit freundlichen, aber bestimmten Worten aus dem Zimmer komplimentiert hatte. Jetzt, da er ihre gemeinsame Wohnung betrat, kam sie ihm ohne das fröhliche Lachen seiner Anja trist und leer vor. Er ließ sich auf die Couch fallen und starrte ihr Bild auf dem kleinen Beistelltisch an, das ihn fröhlich wie immer anlächelte. Er dachte daran zurück, wie sie sich vor drei Tagen hier auf der Couch leidenschaftlich geliebt hatten, und der Gedanke an das verlorene Kind zerriss ihm fast das Herz. Würde seine Verlobte, ach halt, sie war ja inzwischen seine Ehefrau, das hatte er in all dem Chaos beinahe vergessen, das jemals verkraften können? Wenn sie denn überhaupt wieder gesund würde.

Inzwischen war die Stille im Raum so unerträglich geworden, dass er seinen Jogginganzug anzog, um ein bisschen laufen zu gehen. Dabei konnte er am besten abschalten und die Dämonen, die ihm in den letzten zwei Stunden durchs Hirn gegeistert waren, vertreiben.

Als er in den klaren Abend hinaustrat, begann es bereits zu dämmern. Er überlegte kurz, welche Richtung er einschlagen sollte, aber da er noch immer kaum einen klaren Gedanken fassen konnte, begab er sich einfach auf seine übliche Trainingsrunde, die er zweimal wöchentlich lief. Hier brauchte er nicht auf den Weg zu achten, den kannte er wie im Schlaf.

Dennoch musste er irgendwann von der üblichen Strecke abgewichen sein, denn plötzlich stand er an der Ecke Parkstraße, Frankfurter Straße. Wie er dort hingekommen war, wusste er selbst nicht so recht. Erst jetzt merkte er, dass sein Magen knurrte, und er sah auf seine Armbanduhr. Es war schon halb elf, da würde er beim Griechen bestimmt nichts mehr zu essen bekommen. Aber da man dort lange geöffnet hatte, könnte er etwas trinken. Deshalb beschleunigte er seine Schritte wieder und kam nur zehn Minuten später am Detektivbüro vorbei, wo kein Licht mehr brannte.

»Na, ihr könntet euch für Anja ruhig ein bisschen mehr anstrengen«, murmelte er beim Vorbeilaufen und schob den Gedanken beiseite, dass er damit nicht gerade fair war.

Weitere zehn Minuten später war er beim Griechen angekommen. Ohne recht zu wissen warum, ging er am Eingang vorbei und in die kleine Seitenstraße hinein, die als Sackgasse am Park endete.

Hier ist es also geschehen, dachte er, als er um die Ecke bog.

Er ging am Biergarten vorbei zum Parkplatz, wo vermutlich auch der betrunkene Autofahrer geparkt hatte, der seine Anja fast umgebracht hätte.

Gerade als er dachte: *Was will ich hier eigentlich?*, stieß einer der Restaurantgäste mit seinem Wagen rückwärts aus der Parklücke, und beim Richtungswechsel fiel das Licht des Scheinwerfers in die hinterste Ecke des Parkplatzes direkt an der Trennwand zum Biergarten hin. Für den Bruchteil einer Sekunde blitzte etwas auf, und noch bevor sich Jörg so recht bewusst war, was er tat, hatte er die Schmuckkette, denn darum handelte es sich, aufgehoben und eingesteckt. *Warum wirft jemand so etwas weg?*, dachte er.

Dann betrat er den Biergarten. Eigentlich hatte er vorgehabt, das Fundstück dem Wirt zu übergeben, damit der seine Gäste fragen könnte, ob es nicht einer von ihnen verloren hätte. Aber schon nach dem zweiten Glas Bier ging er so sehr in seinem Selbstmitleid auf, dass er keinen Gedanken mehr daran verschwendete, bis er um kurz nach halb eins wieder seine Wohnung betrat.

Für den Bruchteil einer Sekunde kam ihm der Gedanke, dass vielleicht sein Schwiegervater oder die Detektive recht haben könnten und mehr hinter diesem Unfall steckte. Doch noch während er in die Hosentasche fasste, um sich die Kette näher anzusehen, bemerkte er das Blinken der roten Lampe am Anrufbeantworter.

Der Schreck fuhr ihm in alle Glieder, und er drückte die Abspieltaste. Als ihm dann auch noch die Stimme von Professor Ivanovic, dem Chefarzt der Intensivstation, entgegentönte, der ihm erklärte, dass Anja einen schweren Rückfall erlitten habe, war es mit seiner Selbstbeherrschung vorbei.

Er warf die Jogginghose mitsamt der Kette achtlos in den Schrank und hatte dabei schon das Telefon in der Hand, um ein Taxi zu rufen, denn schließlich hatte er sechs Gläser Bier getrunken und konnte unmöglich selbst nach Bad Soden in die Klinik fahren.

4.

Claudia Werker stand an der großen Fensterfront des Wohnzimmers im Hause Pfannmöller und blickte nachdenklich in den Garten hinaus. Ihre Gedanken wanderten zum vergangenen Abend zurück, als der Anruf aus der Klinik gekommen war. Sie selbst war gerade im Bad gewesen und hatte ihn nicht entgegennehmen können. Deshalb war Burkhard drangegangen, und ehe sie auch nur aus der Wanne steigen konnte, hatte sie gehört, wie er seinen Wagen aus der Garage gefahren und mit quietschenden Reifen davongefahren war.

Burkhard Pfannmöller trat von hinten an seine Lebensgefährtin heran, legte ihr die Hand auf die Schulter und sagte: »Tut mir leid wegen gestern Abend. Aber als der Professor anrief und sagte, dass Anja die Nacht vielleicht nicht übersteht, sind bei mir alle Sicherungen durchgebrannt. Ich wollte nur noch hin, um meine Tochter zu sehen.«

»Ich kann dich ja verstehen. Aber wenn wir in Kürze zu einer Familie zusammenwachsen wollen, würde es mich sehr freuen, wenn du mich endlich in alle deine Entscheidungen einbeziehen würdest.«

»Stimmt, hier muss ich noch viel lernen. Aber im Moment bin ich nur froh darüber, dass die Nacht ein solch glückliches Ende gefunden hat. Ich könnte die ganze Welt umarmen.«

»Dann fang schon mal mit mir an«, sagte Claudia und drehte sich lächelnd zu Burkhard um.

Das ließ er sich nicht zweimal sagen, und nachdem er sie leidenschaftlich geküsst hatte, sagte er nachdenklich: »Trotzdem bin ich froh, dass wir das mit unserer Verlobung auf der Hochzeit nicht mehr öffentlich gemacht haben. Die ständigen Fragen unserer Freunde, wann es denn endlich so weit wäre, könnte ich im Moment nur schwer ertragen.«

»Verstehe ich, aber schön wäre es dennoch gewesen. Und jetzt, wo Anja über den Berg zu sein scheint, könnten wir doch mit den Planungen beginnen, oder?«

Erstaunt sah Burkhard Pfannmöller seine Lebensgefährtin an und fragte: »Woher dieser Sinneswandel? Sonst bist du es doch immer, die auf die Bremse tritt.«

»Es ist vermutlich eine Mischung aus Sentimentalität und Erkenntnis. Zum einen hätte Hermann heute Geburtstag gehabt, und außerdem ist er nun schon fast neun Jahre tot.[3] Als du gestern Abend allein losgefahren bist, hat es bei mir klick gemacht. Ich hab dich schon viel zu lange hingehalten. Warum solltest du mich also besser behandeln als ich dich?«

Während sich bei Burkhard Pfannmöllers Tochter alles zum Besseren zu wenden begann, nahmen die Detektive ihre Arbeit auf. In dem kleinen Büro in der Frankfurter Straße herrschte drangvolle Enge, denn auch Annika und Verena waren da. Die beiden kannten Anja ebenfalls recht gut und wollten nicht zurückstehen, wenn es darum ging diesen Mann im Hintergrund, an dessen Rolle als Haupttäter die Polizei nicht so recht glauben wollte, aufzustöbern.

---

3   Vgl. Die Taunus-Ermittler Band 2 – Spuren

Peter hatte sich, wie er es, seit Claus bei ihnen mitarbeitete, so gerne tat, zum Wortführer aufgeschwungen und begann die Aufgaben zu verteilen.

»Claus, du rufst nachher Jörg Stuhlbein an, denn dir als ehemaligem Kollegen verrät er vielleicht mehr als uns. Vor allem, ob es in Sachen des, wie er es ausdrückt, Unfallflüchtigen schon etwas Neues gibt. Später fahren wir beide dann …«

»Moment mal«, mischte sich nun Stefan ein, »wolltest du sagen, zum Tatort?«

»Ja, genau.«

»Warum willst du nicht mit mir dorthin?«

»Weil ich für dich andere Aufgaben habe.«

»Ach ja, du hast Aufgaben für mich. Das klingt ja gerade so, als ob ich dein Angestellter wäre. Schraub das mal ganz schnell zurück. – Bitte.«

»Entschuldigung, mein Fehler. Aber ich habe mir die ganze Nacht so meine Gedanken gemacht. Darf ich meine Vorschläge erläutern?«

»Das klingt schon besser, schieß los.«

»Okay, Claus telefoniert also mit Jörg, danach fahr ich mit ihm zum Tatort. Du schnappst dir Verena und fährst mit ihr zu Kai Abrahams Eltern. Du weißt, welche Fragen zu stellen sind, und Verena bringt sie am einfühlsamsten rüber. Schließlich müssen wir mit absoluter Sicherheit ausschließen können, dass die Tat nicht doch ihm galt. – Verena, du hast doch heute Nachmittag noch Zeit, oder?«

»Ja, klar. Die Zwillinge sind heute den ganzen Tag bei meinen Eltern.«

»Aber was mache ich?«, fragte Annika.

»Hier mal wieder putzen«, sagte Peter zuerst frech, setzte dann aber schnell hinzu: »Das war natürlich Spaß.«

»Dann werd bitte ernst«, sagte Annika und man merkte jedem ihrer Worte an, dass sie stinksauer war.

»Für dich habe ich eine ganz besondere Aufgabe. Du rufst die drei Leute an, von denen Burkhard gesprochen hat, und versuchst einen Termin mit ihnen zu vereinbaren. Achte dabei genau darauf, wie sie reagieren. Sind sie kooperativ, ablehnend oder sogar aggressiv? Mit ihnen und ihrem Verhalten werden wir uns vielleicht noch heute, ganz bestimmt aber morgen befassen. Seid ihr damit einverstanden?«

»Klar doch«, sagte Stefan und grinste. Kurz darauf brachen er und Verena auf.

Während Peter in den Nebenraum ging, um ihre Kamera und verschiedene Objektive für die Tatortbesichtigung herzurichten, rief Claus Mergentheimer an seinem früheren Arbeitsplatz an. Er stellte den Lautsprecher auf laut, damit Peter mithören konnte. Als sich Hauptkommissar Stuhlbein meldete, war das ein merkwürdiges Gefühl für ihn.

»Hier ist Komm..., äh, Claus Mergentheimer. Ich wollte nur einmal nachfragen, ob es in der Sache mit dem unfallflüchtigen Autofahrer vom Samstagabend irgendwas Neues gibt.«

»Claus, du weißt genau, dass ich dir keine Auskunft zu unseren laufenden Ermittlungen geben darf. Wenn du noch bei unserem Haufen wärst, wäre das etwas ganz anderes. Aber so?«

»Jörg, ich will mit offenen Karten spielen. Burkhard Pfannmöller hat uns beauftragt in dieser Sache zu ermitteln, und von ihm wissen wir auch, dass du von Unfallflucht ausgehst. Er allerdings nicht. Deshalb verfolgen wir auch noch einige andere Spuren.«

»Keine Sorge, das tun wir auch. Aber dabei wird vermutlich nichts herauskommen. Okay, da dich Pfannmöller ohnehin auf dem Laufenden hält, kann ich dir ja sagen, dass unsere Fahndung nach dem Unfallwagen noch nichts ergeben hat. Auf unseren Aufruf hin haben heute Morgen zwei Werkstätten Fahrzeuge mit verdächtigen Schäden gemeldet, die haben aber definitiv nichts mit dem Unfall vom Samstag zu tun.«

»Aber das stützt doch eher unsere Theorie von einem geplanten Anschlag, wenn der Wagen verschwunden ist.«

»Ach je, hast du eine Ahnung, wie oft wir das in Wiesbaden hatten, dass Unfallwagen bei Fahrerflucht selbst nach Bagatellschäden in der Schrottpresse verschwunden sind, bevor wir sie gefunden haben? Das allein sagt noch gar nichts aus. Da ist es schon wahrscheinlicher, dass Tobias Oswald uns etwas zu sagen hat, wenn er nachher vorbeikommt. Oh, Scheiße, das …«

Claus Mergentheimer hatte genau gemerkt, dass Jörg Stuhlbein diese Info als Versprecher getarnt hatte, da es ohnehin schwer genug werden würde, die Kollegen, die Claus allesamt schätzten, am allzu freizügigen Plaudern zu hindern. Deshalb bedankte er sich nicht groß und beendete nach einigen privaten Worten das Gespräch. Dann brach er mit Peter zu der nur wenigen hundert Meter entfernten Sackgasse unterhalb des griechischen Lokals auf, wo vor gerade einmal zwei Tagen alles geschehen war.

Jörg Volkmeier saß bei seiner Angetrauten am Krankenbett. Nachdem ihn noch in der Nacht, während er im Taxi saß, das erlösende »Alles wieder im grünen Bereich« des Chefarztes erreicht hatte, war er nach Hause zurückgefahren und am frühen Morgen in die Klinik gekommen.

Da er aber nicht vor neun Uhr in die Intensivstation gelassen wurde, musste er im Flur warten, bis er endlich zu seiner Frau durfte.

Lange saß er in Gedanken versunken da und betrachtete ihre ebenmäßigen Gesichtszüge, die jetzt ruhig und entspannt wirkten. Ihm schauderte bei der Vorstellung, wie das in der Nacht gewesen sein musste, als sie sich plötzlich, trotz tiefer Bewusstlosigkeit von heftigen Krämpfen geschüttelt, aufgebäumt und herumgewälzt hatte. Dabei waren, wie man ihm erklärt hatte, sämtliche Schläuche und Anschlüsse herausgerissen worden. Wenn die Nachtschwester es nicht sofort bemerkt und der Stationsarzt sie nicht innerhalb der nächsten halben Stunde ruhig bekommen hätte …

Er wagte den Gedanken gar nicht zu Ende zu denken, sah auf seine elegante goldene Armbanduhr, die ihm Anja zur Verlobung geschenkt hatte, und erschrak. So spät war es schon? Jetzt musste er sich aber beeilen. Schließlich wollte er Anja mit einer guten Nachricht überraschen, sobald man sie aus dem künstlichen Koma holte. Er stand auf, hauchte ihr einen flüchtigen Kuss auf die Lippen und verließ die Intensivstation.

Auf den Aufzug zu warten, der wieder einmal in einem anderen Stockwerk feststeckte, blieb ihm keine Zeit mehr, und so rannte er die Treppen im Laufschritt hinunter und hinüber zum Parkdeck zu seinem Wagen. Wie ein Irrer raste er vom Klinikgelände und nach Schwalbach hinüber, wo er in wenigen Minuten zu einem Vorstellungsgespräch erwartet wurde. Den Blitz, der ihn um ein Passfoto reicher und einige Euros ärmer machte, bemerkte er nicht einmal.

Dass er gerade zu ihrem größten Konkurrenzunternehmen fuhr, das dem kleinen Onlinehandel von Jörg und Fabian durch seine Übermacht alle Luft zum Atmen genommen hatte, war ihm bewusst. Im Gegensatz zu Fabian störte er sich kaum daran, dass die Agentur für Arbeit sie beide aufgefordert hatte, sich ausgerechnet dort zu bewerben. Während er auf dem Firmenparkplatz einparkte, dachte er daran, wie er sich vor drei Wochen dort beworben und vor einer Woche die Einladung zum Vorstellungsgespräch erhalten hatte.

Gerade als er das elegante Foyer des Bürogebäudes betrat, kam ihm ein etwa vierzigjähriger Mann entgegen und sprach ihn an. Jörg Volkmeier erkannte ihn sofort an der Stimme. Es war der Personalchef Klaus Dippler, mit dem er am Freitag noch telefoniert hatte.

Die beiden Männer begrüßten sich und gingen in den ersten Stock hinauf, wo das Personalbüro lag. Während sie sich setzten, fragte Jörg: »Begrüßen Sie alle Ihre Bewerber schon am Eingang?«

»Nein, normalerweise nicht«, sagte Dippler, »aber ich habe Sie zufällig vorfahren sehen und vom Bewerbungsfoto erkannt.«

In dem Augenblick steckte die Sekretärin des Personalchefs den Kopf zur Tür herein und fragte: »Herr Dippler, soll ich Ihnen einen Kaffee bringen?«

»Ja, gern. Möchten Sie auch einen, Herr Volkmeier?«

Nachdem Jörg das Angebot angenommen hatte, wurde der Personalchef ganz geschäftsmäßig und sagte: »Ihre Unterlagen sind hervorragend. Alles, was Sie mir eingereicht haben, hat Hand und Fuß. Gegen die Zeugnisse Ihrer früheren Arbeitgeber kann man nichts sagen, und Ihr Ausflug in die Selbstständigkeit ist nicht an einem falschen Konzept oder gar an Ihrer Unfähigkeit gescheitert. Wenn ich Ihre Unterlagen richtig deute, lag es vorrangig daran, dass die Bank nicht bereit war den Kreditrahmen zu erweitern.

»Das hatte leider mein lieber Kompagnon zu verantworten, der lieber Party machte statt wie abgesprochen, die Unterlagen für die Bank zusammenstellte«, rutschte es Jörg in einem unbedachten Augenblick heraus.

Fabian Junker, ich weiß. Ich habe mir so etwas schon gedacht.«

»Wie bitte? Woher kennen Sie ihn?«

»Ich kenne ihn nicht persönlich, ich las den Namen in Ihren Unterlagen. Ehrlich gesagt, lege ich auch keinen Wert mehr darauf, ihn kennenzulernen. Seine Unterlagen waren schlicht eine Zumutung, und die Vereinbarung eines Vorstellungstermins gestaltete sich schwierig. Und dann ist er gar nicht erschienen.«

Jörg Volkmeier dachte: *Das sieht Fabian ähnlich. Hätte ich vorher geahnt, worauf ich mich mit ihm einlasse, hätte ich mir einen anderen Gesch... ach, was soll's.*

Stattdessen sagte er: »Herr Dippler, wie stehen meine Chancen, den Job zu bekommen?«

»Da die beiden anderen Bewerber nicht die nötigen Qualifikationen im kaufmännischen Bereich vorweisen können, würde ich sagen: Auf eine gute Zusammenarbeit.«

»Soll das etwa heißen ...«

»Genau. Sie werden ab dem ersten Juli unser Team verstärken.«

»Das ist gut. Da fällt mir ein Stein vom Herzen. Ich habe am Samstag geheiratet und will, so schnell es geht, eine Familie gründen.«

»Na dann herzlichen Glückwunsch und viel Spaß«, sagte Klaus Dippler lächelnd.

»Letzteres wird sich in Grenzen halten, bis meine Frau aus dem Krankenhaus kommt«, sagte Jörg so kläglich, dass der Personalchef, der bereits aufgestanden war, um ihn zu verabschieden, sich augenblicklich wieder hinsetzte und fragte: »Wieso, was ist denn los?«

Jörg, der froh war, einmal mit einem Unbeteiligten sprechen zu können, fasste Vertrauen zu dem Mann und blendete einfach aus, dass er mit einem zukünftigen Vorgesetzten sprach, während er von der Hochzeit und dem schrecklichen Unfall erzählte.

Tobias Oswald betrat am frühen Nachmittag die Polizeistation Hofheim und ließ sich zu Hauptkommissar Stuhlbein bringen. Auch Kommissar Heisslitz war bei dem Gespräch zugegen, ließ seinem Vorgesetzten aber den Vortritt und hielt sich im Hintergrund.

»Guten Tag, Herr Oswald, was wollten Sie uns denn mitteilen?«, fragte Jörg Stuhlbein den jungen Mann, dem sichtlich unwohl in seiner Haut war.

»Ich … ich …«

»Haben Sie etwas mit dem Unfall zu tun?«

»Um Gottes willen, nein, ich doch nicht!«, schrie der junge Mann fast, »aber ich habe, oder glaube, oder vielleicht auch nicht …«

»Nun mal Butter bei die Fische. Sie glauben etwas beobachtet zu haben, stimmt's?«

»Ja, aber was ist, wenn ich mich irre? Ich will auf keinen Fall einen Freund fälschlich beschuldigen oder in Verdacht bringen.«

»Vertrauen Sie uns, wir sind schließlich keine Anfänger. Wenn an Ihren Beobachtungen nichts dran ist, wird sich das sehr schnell herausstellen. Anderenfalls könnte man Ihnen im gegenteiligen Fall vorwerfen, Sie hätten mit einer Falschaussage bei der Polizei eine Strafvereitelung begangen.«

»Soll das heißen, ich mache mich strafbar, wenn ich Ihnen nicht alles sage, was ich gesehen habe?«

»Unter Umständen schon.«

»Okay, Fabian, verzeih mir«, flüsterte Tobias Oswald, und der Hauptkommissar sah ihn durchdringend an.

»Kai, ich, Fabian, Heiko und Anja gingen recht schnell dem Lokal entgegen, und Fabian, der schon seit dem Nachmittag nicht gut drauf war, hatte inzwischen ziemlich schlechte Laune. Deshalb zog er Anja auch ziemlich rabiat mit sich. Er meinte, wir sollten möglichst weit vom Festsaal weg sein, wenn die Brautentführung auffällt. Wir erreichten gerade die kleine Straße, als der Wagen vom Parkplatz her angerast kam. Im ersten Moment sah es wirklich so aus, als ob Fabian Anja zurückreißen wollte, aber dann war da eine Bewegung nach vorn, die ich nicht mehr aus dem Kopf bekomme. Sie passt einfach nicht zum übrigen Ablauf.«

»Ja, okay«, sagte der Hauptkommissar nachdenklich. »Hatten Sie den Eindruck, dass Fabian Junker die Braut ganz gezielt zu dieser Straßeneinmündung hingezogen, also sie zu einem bestimmten Zeitpunkt dort haben wollte?«

»Wie meinen Sie das?«

»Glauben Sie, es wäre möglich, dass er bereits vorher gewusst hat, was dort geschehen würde?«

»Nein, eher nicht. Zumal zehn Minuten zuvor noch keiner von uns wusste, dass wir dorthin wollten.«

»Ach so, wer hatte denn die Idee?«

»Anja selbst.«

»Und war es Fabian, der sofort darauf ansprang?«

»Nein, das war eher ich«, sagte Tobias Oswald verlegen grinsend, »denn ich wusste, dass dort bis ein Uhr geöffnet sein würde und wir noch eine ganze Weile weitertrinken könnten.«

»Okay, noch eine letzte Frage: Können Sie sich inzwischen besser daran erinnern, welche Farbe der Wagen hatte oder um was für ein Auto es sich handelte?«

»Nein, leider ist meine Erinnerung an diesen Abend insgesamt ziemlich lückenhaft; ich hatte einfach zu viel getrunken. Es war ein eher dunkles Auto, mehr kann ich leider nicht sagen.«

»Danke. Sollte Ihnen dazu oder sonst zu diesem Abend noch etwas einfallen, melden Sie sich bitte bei uns.«

»Das werde ich tun«, versprach Tobias Oswald und verließ den Raum.

»Na, was meinst du?«, fragte der Hauptkommissar seinen Kollegen, und Hans Heisslitz antwortete: »Die waren doch allesamt hackedicht. Ob man das, was er über den angeblichen Stoß sagt, so ernst nehmen kann?«

»Du hast recht, wenn es um alle anderen Aspekte seiner Aussage geht. Aber das mit dem Stoß hat er so anschaulich geschildert, als hätte es sich bei aller Vernebelung fest in seinem Hirn eingebrannt. Deshalb glaube ich ihm in diesem Punkt. Das bedeutet aber auch, wir müssen heute noch mal los und Fabian Junker damit konfrontieren. Vielleicht bricht er ja ein, wenn wir ihn fest genug anpacken. Hast du seine Adresse?«

»Ich glaube, er wohnt bei seinen Eltern in Eddersheim.«

Nicht einmal dreißig Minuten später waren die beiden Beamten unterwegs zu einem modernen Mehrfamilienhaus an der Fischbacher Straße. Glücklicherweise hatte Hauptkommissar Stuhlbein vor ihrem Aufbruch erst einmal, ohne sich als Polizist erkennen zu geben, Fabians Eltern angerufen, das hatte ihnen die Fahrt nach Eddersheim erspart: Von Fabians Mutter hatten sie erfahren, dass ihr

Sohn sich zurzeit in seiner alten Wohnung in Kelkheim aufhielt, die er sich seit der Schließung seiner Firma nicht mehr leisten konnte. Ihre Auflösung und der Verkauf der Möbel nahm sehr viel mehr Zeit in Anspruch, als ursprünglich geplant war.

Als sie dort ankamen und zu der im ersten Stock gelegenen Wohnung hinaufstiegen, hörten sie erregte Stimmen im Treppenhaus.

»So geht das nicht weiter, Herr Junker. Sie haben jetzt schon zum zweiten Mal keine Miete gezahlt. Wenn Ende nächster Woche nichts da ist, lasse ich räumen.«

»Herr Meier, ich will ja raus, aber ich muss erst die Möbel verkaufen«, jammerte Fabian, der hörbar angetrunken war. »Ich kann sie nirgends unterstellen. Aber in drei Tagen kommt einer, der will die Couchgarnitur kaufen, dann bekommen Sie Ihr Geld. Wenn alles glattgeht, ist die Wohnung in vier Wochen leer.«

»Das will ich hoffen.«

Als die beiden Beamten oben ankamen, stürmte der Vermieter, ein rundlicher, nicht allzu großer Endfünfziger, an ihnen vorbei die Treppe hinunter, und Fabian wollte gerade in seine Wohnung zurück.

»Hallo, Herr Junker«, rief Hans Heisslitz, und Fabian fuhr herum.

»Was ... was kann ich für die Herren von der Polizei tun?«, fragte der junge Mann gönnerhaft, als er sie erkannte, und sah sie aus leicht glasigen Augen an.

»Uns noch einige Fragen beantworten«, sagte Jörg Stuhlbein.

»Schon wieder?«

»Ja, da ist noch einiges unklar.«

»Na gut, kommen Sie rein und setzen sich, falls Sie noch

einen Platz finden, haha«, lud der junge Mann sie ein und führte sie in die großzügig geschnittene Vierzimmerwohnung. Jörg Stuhlbein fragte sich, wie sich Fabian – selbst wenn er die Firma noch hätte – diese Wohnung auf Dauer hätte leisten wollen. In dem riesigen Wohn-Essbereich stand eine edle Leder-Sitzgarnitur auf einem nicht minder wertvollen Perserteppich. In der Ecke bei der Tür standen zusammengerollt noch einige weitere, bestimmt genauso wertvolle Teppiche, sonst war der gut und gern vierzig Quadratmeter große Raum vollkommen leer. Die Beamten nahmen in den beiden Sesseln Platz, während sich Fabian auf der Couch breitmachte.

»Wollen Sie etwas trinken?«, fragte er und hielt ihnen eine halbvolle Flasche Wein entgegen, »Gläser habe ich allerdings keine mehr.«

Hans Heisslitz und Jörg Stuhlbein lehnten dankend ab und befragten ihn erst einmal zu dem Wagen des Unfallflüchtigen, bevor der Hauptkommissar übergangslos zu ihrem eigentlichen Anliegen kam.

»Vorhin war Herr Oswald noch einmal bei uns auf der Wache …«

»So, was wollte er denn?«

»Er hat seiner Aussage vom Vortag noch etwas hinzugefügt.«

»Darf man erfahren, was?« Fabian Junker war die Anspannung anzumerken.

»Aber klar, Sie müssen es sogar erfahren. Immerhin hat er Sie beschuldigt, die Braut vor den Wagen gestoßen zu haben.«

»So ein Blödsinn!«, fuhr Fabian hoch und fügte fast schon schreiend hinzu: »Das ist eine ganz infame Lüge. Ich habe dieser elenden Schlampe …«

Mitten im Satz hielt er inne, denn er wurde sich seines Fehlers sofort bewusst, aber Hans Heisslitz war bereits aufgestanden und sagte zu ihm: »Wir müssen Sie vorläufig festnehmen, denn wir sind sicher, dass Sie die Unwahrheit sagen. Nach unseren Erkenntnissen …«

Weiter kam Hans Heisslitz nicht, denn Fabian Junker sprang unvermittelt auf, und die Faust des sonst etwas unbeholfen und plump wirkenden jungen Mannes schnellte nach vorn. Der Schlag traf den Beamten völlig unvorbereitet und ließ ihn einige Schritte zurücktaumeln. Mit zwei, drei großen Schritten wollte Fabian durch die Tür schlüpfen, hatte dabei aber übersehen, dass er an Jörg Stuhlbein vorbeimusste. Der Hauptkommissar versuchte erst gar nicht, sich aus dem tiefen Sessel emporzuwuchten, sondern hielt einfach sein Bein in den Lauf des jungen Mannes, der daraufhin auf den Teppich stürzte. Hans Heisslitz, trotz blutender Nase wieder zur Stelle, fixierte ihn am Boden und sagte: »So, jetzt kommt noch ein tätlicher Angriff auf einen Polizeibeamten hinzu, das reicht auf jeden Fall, um Sie eine Weile bei uns festzuhalten.«

Dann klickten die Handschellen um Fabian Junkers Handgelenke.

Am Nachmittag waren Peter und Claus schon eine ganze Weile von der Tatortbesichtigung zurück im Büro. Sie hatten sich mit Annika geeinigt, auf Stefan und Verena zu warten, um erst dann die Ergebnisse ihrer Recherchen zu besprechen.

Peter trank bereits seine dritte Tasse Kaffee und murrte ungeduldig: »In welchem Lokal geistern die beiden wohl wieder herum?« Da kamen Stefan und Verena von der Befragung der Eltern Kai Abrahams zurück.

Als sie die fragenden Blicke der im Büro Versammelten sahen, erklärte Stefan ihr Zuspätkommen: »Wir haben erst von Kais Eltern erfahren, dass er seit einiger Zeit eine Freundin hatte, und sind deshalb gleich mal bei ihr vorbeigefahren.«

»Gut gemacht«, sagte Peter zufrieden, aber Verena erklärte: »Gebracht hat es trotzdem nicht viel. Allerdings sind wir jetzt ganz sicher, dass Kai Abraham nicht das Ziel des Anschlags war. Dieser Mann hatte keinerlei Feinde.«

»Das ist doch auch schon was«, sagte Peter. »Nehmt euch einen Kaffee, dann berichten wir von unseren Ergebnissen.«

Wenige Augenblicke später hatten alle eine dampfende Tasse vor sich stehen, und Annika fragte: »Wer fängt an?«

»Du«, sagte Peter grinsend, »wahrscheinlich hast du die meisten Neuigkeiten für uns. Bei Claus und mir hat sich nämlich auch nicht viel Neues ergeben.«

»Ich habe mit allen dreien sprechen können und mit zweien …«, hob Annika an, da klingelte das Telefon.

Claus war am schnellsten am Apparat, hob ab und schaltete den Lautsprecher ein.

»Hallo, sind die anderen auch da?«, drang Jörg Stuhlbeins Stimme ihnen entgegen.

»Ja, alle.«

»Das ist gut, denn dann wisst ihr gleich, dass die Sache abgeschlossen ist. Ihr braucht euch nicht mehr einzumischen. Wir haben soeben Fabian Junker verhaftet, er hat sich verraten, als er fliehen wollte. Dabei hat er noch deinen ehemaligen Kollegen Hans Heisslitz niedergeschlagen.«

»Oh, Scheiße. Ist er …«

»Nein, außer einer blutigen Nase ist nichts passiert.«

»Aber die … äh … Fahrerflucht?«

»Falls der Unfallwagen nicht doch noch irgendwo auftaucht, fürchte ich, da wird nicht mehr viel herauskommen. Wir haben leider keinerlei Anhaltspunkte oder irgendwelche brauchbaren Spuren.«

»Habt ihr denn schon alle Zeugen befragt?«

»Klar, was meinst du denn! Hältst du uns vielleicht für vollkommene Idioten?«

»Nein, um Gottes willen, nein. Aber ging das nicht ein bisschen schnell?«

»Lass das mal unsere Sorge sein, das ist nicht mehr dein Bier.«

»Danke. Ich dachte, wir wären Freunde«, sagte Claus Mergentheimer eingeschnappt.

»Sind wir auch. Aber Schuchheim macht mich einen Kopf kürzer, wenn er mitbekommt, dass ich von meinem Dienstapparat mit euch telefoniere. – Na ja, ihr könnt es ruhig wissen: Außer einem Florian Kaiser, der mit seiner Freundin im Lokal war, hat sich niemand auf unseren Aufruf im Rundfunk gemeldet, der irgendetwas beobachtet hat. Aber auch Kaiser hat nichts Neues beitragen können. Es ist wie verhext.«

»Trotzdem danke für den Hinweis«, sagte Claus schon wieder besänftigt, wechselte noch einige private Worte mit seinem Nachfolger und legte auf. »Den nehmen wir morgen nochmal in die Mangel«, sagte er nachdenklich und Peter nickte und sagte: »Es kommt eben immer drauf an, die richtigen Fragen zu stellen.« Dann wandte er sich an Annika: »Wo warst du vorhin stehen geblieben?«

»Ich habe mit allen drei Personen, die Burkhard uns genannt hat, telefoniert. So richtig kooperationsbereit war keiner von ihnen. Am ehesten noch Ralf Möller, Anjas Ex-Freund. Auch er war zuerst recht grantig, aber als er verstand, warum ich anrufe und was Anja geschehen ist, wurde er recht schnell zahm.«

»Das kann alles und nichts bedeuten«, sagte Peter nachdenklich, »weiter.«

»Zu ihm könnt ihr morgen Nachmittag um drei, dann ist er von einem Termin wieder zu Hause. Der Zweite, dieser ehemalige Mandant von Burkhard, erklärte sich erst nach etwas gutem Zureden von mir mit einem Treffen einverstanden. Er hätte eine schwere Zeit gehabt und nun wieder Arbeit gefunden. Am Donnerstag früh hat er frei und ist bereit, euch zu empfangen. Der dritte schließlich, der Schafzüchter aus Schmitten, ist ein echter Problemfall. Er ist am Telefon gleich laut und bösartig geworden, kaum dass ich den Namen Pfannmöller auch nur erwähnte. Als ich merkte, dass ich so nichts erreiche, habe ich aufgelegt und erst mal Burkhard angerufen. Der hat mir gesagt, dass der Mann einen Bruder hat, der das genaue Gegenteil von ihm ist. Mit dem solltet ihr erst mal Kontakt aufnehmen. Er ist der Einzige, von dem dieser Wüterich sich wenigstens manchmal etwas sagen lässt.«

»Und wie erreichen wir den?«

»Ist auch schon geklärt. Ihr sollt am Donnerstag um zwölf Uhr in Sulzbach sein, da hat er Mittagspause. Er arbeitet bei der Tierschutzorganisation, die dieses Haustierregister anbietet, wie hieß die noch gleich ... ach ja, Tasso. Er will sich genau anhören, worum es geht, und gegebenenfalls auf seinen Bruder einwirken, damit er mit euch redet.«

»Donnerwetter, gut gemacht, Annika, dich kann man brauchen«, sagte Peter begeistert, und Stefan meinte: »So viel haben wir nicht beizusteuern.«

Dann erzählte er von den Gesprächen mit Kais Eltern und Antje Probst. Als er am Ende angekommen war, meinte Claus: »Ich glaube, diese Spur brauchen wir vorerst nicht weiter zu verfolgen.«

»Sieht ganz so aus«, bestätigte Verena, und die anderen nickten. Kurz darauf machten die Detektive Feierabend, da es inzwischen schon nach neunzehn Uhr war.

5.

Der Mann war erst wenige Minuten vom Zeitungskiosk zurück und saß früh am Morgen in der Wohnküche seiner bescheidenen Altbauwohnung. Seine Anspannung wurde seit Samstagabend immer größer, auch die Tatsache, dass alles ruhig blieb und keine Polizei bei ihm auftauchte, konnte ihn nicht beruhigen. Immer wieder wanderte seine Hand zu der Flasche Kräuterschnaps, die auf dem Küchentisch stand. Er hatte sie sich zusammen mit einer Tageszeitung besorgt. Aber auch dieses Mal zog er die Hand, kurz bevor er die Flasche erreichte, zurück, denn er war sich vollkommen im Klaren darüber, dass er sich nicht gehen lassen durfte. Nicht einmal für einen einzigen Tag.

Wenn irgendjemand die Veränderung an ihm bemerkte, und das konnte nur allzu leicht geschehen ... Er zwang sich, den Gedanken nicht zu Ende zu denken, und schlug stattdessen die Tageszeitung auf. Er blätterte gleich durch bis zum Lokalteil – und erschrak heftig.

Die Schlagzeile, die ihm dort sofort ins Auge fiel, ließ ihm das Blut in den Adern gefrieren.

Erste Festnahme im Fall mit der tödlichen Brautentführung, stand dort zu lesen.

Nun öffnete er die Schnapsflasche doch noch, sprang auf und nahm einen mächtigen Schluck. Dann ließ er sich wieder auf den harten, schon etwas schäbigen Küchenstuhl in der kleinen Wohnküche zurücksinken. Er musste erst einmal tief durchatmen, bevor er in der Lage war, den Zeitungsartikel wenigstens grob zu überfliegen.

Als er zu folgender Stelle kam, blieb ihm fast der Atem stehen: *Fabian J. versuchte sich den Fragen der Polizei durch Flucht zu entziehen, schlug dabei einen Polizisten nieder, wurde dennoch gestellt und sitzt nun in Untersuchungshaft.*

Auch dass es weiter unten im Artikel hieß, dass der junge Mann bislang beharrlich schweige, war nicht dazu geeignet, ihn zu beruhigen. Dieses *bislang* hämmerte immerzu in seinem Kopf.

Dennoch wusste er, dass er einen kühlen Kopf bewahren musste. Denn dass Fabian so plump vorgehen würde, sie ihm derart schnell auf die Schliche kämen und er bei der ersten Gelegenheit den Kopf verlieren würde, hatte er so nicht voraussehen können. Ihm war klar gewesen, dass der junge Mann nicht der Hellste war, aber selbst er würde früher oder später begreifen, dass alles an ihm hängenbleiben würde, und dann wäre es mit seinem Schweigen schnell vorbei. Also was tun?

Zuerst stellte er die Flasche Hochprozentiges an ihren Platz im Küchenschrank zurück, dann setzte er sich auf das abgewetzte Sofa in der Wohnküche und dachte nach.

Wie lange er dann versunken dasaß, bemerkte er kaum. Aber als er aufsprang und laut ausrief: »Das ist es, so könnte es klappen!«, gingen die Zeiger der Küchenuhr, die er erst kürzlich günstig auf dem Flohmarkt erstanden hatte, schon deutlich gegen elf Uhr.

Am selben Vormittag fuhren Peter und Stefan in die Johann-Strauß-Straße, hielten vor einem schmucken Einfamilienhaus an und gingen durch den Vorgarten zur

Haustür. Als ihnen ein ungefähr fünfzig Jahre alter Mann öffnete, fragte Peter: »Sind Sie Florian Kaiser?«

»Nein, das ist mein Sohn. Aber wer sind Sie, und warum wollen Sie das wissen?«

»Wir sind Privatdetektive und arbeiten für den Vater der jungen Frau, die am vergangenen Samstag auf ihrer Hochzeit so schwer verletzt wurde. Ihr Sohn war Zeuge …«

»Zeuge? Er hat der Polizei schon alles gesagt, was er weiß, nämlich nichts. Er hat nichts gesehen. Außerdem ist mein Sohn nicht da. Wenn Sie jetzt bitte …«

Noch bevor Stefan oder Peter etwas einwenden konnten, tauchte hinter ihm ein junger Mann auf, kaum fünfundzwanzig, und sagte: »Lass mal gut sein, Papa, ich red mit denen. Dann wandte er sich an die Detektive: »Kommen Sie doch mit runter zu mir, da redet es sich ruhiger.«

Er ging voraus in den Keller, von wo er durch eine Verbindungstür in eine Einliegerwohnung gelangte.

Als sie in der Sitzecke des gemütlich eingerichteten Wohnzimmers Platz genommen hatten, sagte der junge Mann: »Sie haben Glück, dass ich heute zu Hause bin, denn ich habe mir einen Tag Urlaub genommen. Entschuldigen Sie bitte das abweisende Verhalten meines Vaters vorhin, aber er will immer alles von mir fernhalten. Das ist manchmal echt nervig. Aber in einem Punkt hat er recht. Ich habe wirklich nichts gesehen. Im Grunde haben meine Freundin und ich den Unfall nur gehört. Uns standen einige Sträucher im Weg, sodass wir nichts sehen konnten.«

Peter und Stefan ließen sich den Verlauf des Abends trotzdem haarklein schildern. Doch der junge Mann schien wirklich nichts zur Aufklärung des Falles beitragen zu können. Erst als er sie zum Ausgang in den Garten geleitete und sie sich gerade verabschieden wollten, sagte er plötzlich: »Halt, da fällt mir noch etwas ein.«

Die Detektive sahen ihn gespannt an.

»Ich erinnere mich jetzt wieder daran, dass der Wirt genau in dem Moment, als es passierte, die Rechnung an einem Tisch kassierte, der in direkter Sichtlinie zum Geschehen lag. Vielleicht hat er etwas gesehen.«

»Haben Sie das der Polizei denn nicht gesagt?«

»Nein, es ist mir nur deshalb wieder eingefallen, weil Sie so beharrlich nachgefragt haben.«

Die beiden bedankten sich, und auf dem Rückweg zum Auto rief Stefan gleich Claus an. Der war an diesem Vormittag in Kronberg für einen anderen Fall unterwegs, den sie in der Vorwoche angenommen hatten. Entsprechend ungehalten meldete er sich, als mitten in seiner Beschattung sein Handy zu klingeln begann.

Erst als Stefan ihm berichtete und beauftragte, um siebzehn Uhr zu dem griechischen Lokal zu fahren, um den Wirt zu befragen, wurde er ruhiger. Nun musste Stefan den Lautsprecher einschalten, damit Peter weiter mithören konnte, als Claus fragte: »Warum hat die Polizei nichts davon erfahren? Hat der Wirt bei der ersten Vernehmung nichts davon gesagt?«

»Genau das sollst du herausfinden«, sagte Stefan und legte auf.

»So, und jetzt fahren wir nach Eppstein rüber und fühlen Ralf Möller auf den Zahn«, sagte Peter.

»Meinst du nicht, dafür ist es noch etwas früh?«

»Ach nö, das macht nichts. In der Burgstraße, mitten in der Altstadt, gibt es ein kleines, dafür aber umso besseres vietnamesisches Lokal. Dort essen wir zu Mittag und …«

»Meinst du nicht, wir sollten mal ein bisschen abnehmen?«

»Tja, erklär das mal meinem Magen.«

»Auch wieder wahr. Also los, nach Eppstein. Wo wohnt Anjas Ex eigentlich?«

»Ganz in der Nähe, in der Untergasse. In einer winzigen Wohnung unterm Dach.«

»Woher weißt du das schon wieder?«

»Von Olli Krause. Der hatte schon so lange keinen Auftrag mehr von uns, da hab ich ihn den persönlichen und finanziellen Background unserer Verdächtigen abchecken lassen«, sagte Peter und startete den Wagen.

Stefan ärgerte sich zwar mal wieder über Peters Alleingänge, aber im Grunde stimmte er seiner Entscheidung zu. Der ehemalige Hacker und jetzige Internet-Ermittler wusste nur zu gut, wie man den Datenbanken von Einwohnermeldeämtern, Finanzämtern und ähnlichen Einrichtungen die wertvollsten Informationen entlockte.

Inzwischen waren sie in der kleinen, aber sehr schönen Eppsteiner Altstadt angekommen, über der die Burgruine im strahlenden Sonnenschein thronte, und Peter fand auf dem winzigen Parkplatz bei der Kirche auf Anhieb eine freie Parklücke.

Sie betraten das Lokal, das nur wenige Schritte entfernt lag, und nun wusste Stefan, warum Peter unbedingt dort hin wollte. Der Wirt begrüßte sie wie alte Bekannte, was sie im Grunde auch waren, denn als er sein Lokal noch in Kelkheim hatte, waren sie mittags oft dort zum Essen gewesen.

Während sie speisten, unterhielten sie sich nicht über den Fall, und als sie gegen halb drei das Lokal verließen, waren sie nicht nur rundum zufrieden, sondern auch pappsatt.

Wie Peter schon erwähnt hatte, war es nicht weit bis zu

Ralf Möllers Behausung und als sie vom Wernerplatz mit seinen schönen Fachwerkhäusern in die Untergasse abbogen, waren sie schon fast dort. Kurz darauf klingelten sie, aber statt sie einzulassen, kam der junge Mann hinunter zu ihnen und meinte: »Lassen Sie uns einige Schritte gehen.«

»Wieso?«

»Da oben in diesem engen Kabuff fällt mir ohnehin schon die Decke auf den Kopf. Und das meine ich fast wörtlich, denn die Räume sind wirklich so niedrig.«

»Wie kommt es, dass Sie in so einer schlechten Unterkunft wohnen müssen?«, fragte Stefan, und Ralf antwortete erstaunlich offen: »Als Anja im letzten Herbst von einen auf den anderen Tag mit mir Schluss machte, bin ich in ein tiefes Loch gefallen. Ich habe ein paar Wochen durchgesoffen, bin nicht mehr zur Arbeit gegangen und bei meiner Firma rausgeflogen. Ich habe lange gebraucht, um mich einigermaßen zu fangen; arbeitslos bin ich noch immer.«

»Zu fangen?«, fragte Peter. »Wir haben gehört, dass Sie bei Pfannmöllers vor dem Haus randaliert haben.«

»Ja, das stimmt. Das war, äh, … ein Rückfall. Als ich in der Zeitung über ihre Hochzeitsanzeige gestolpert bin, wurde mir plötzlich klar, warum oder, besser, wegen wem sie mit mir Schluss gemacht hat. Ich wurde stinksauer, dass sie mir damals nicht gesagt hat, dass sie einen anderen kennengelernt hat, und noch mehr, dass ich von ihrer Hochzeit aus der Zeitung erfahren musste.«

»Warum hätte sie Ihnen das persönlich sagen sollen?«

»Weil wir immerhin fast fünf Jahre zusammen waren. Sie war meine erste große Liebe.«

»Wo waren Sie in der Nacht von Samstag auf Sonntag?«

»Das war mir klar, dass diese Frage kommt. Ich kann es nicht gewesen sein, ich war da noch auf Teneriffa. In einer kleinen Pension in einem Dorf namens Chasna, im Orotava-Tal. Oberhalb von Puerto de la Cruz. Nach meinem Ausfall am Freitag vor einer Woche habe ich noch in der Nacht im Internet einen Flug gebucht und bin am nächsten Vormittag aufs Geratewohl geflogen. Ich bin erst vorgestern Nachmittag, als alles schon vorbei war, zurückgekommen.«

»Kann man das nachprüfen?«

»Wie gesagt, ich habe mit dieser Frage gerechnet«, sagte der junge Mann und zog ein reichlich zerknittertes Flugticket und einen Zettel aus der Tasche seiner Jeans. »Hier haben Sie Adresse und Telefonnummer der Pension.«

»Okay, dann war's das erst mal«, sagte Peter. »Wenn noch Fragen auftauchen, werden wir uns bei Ihnen melden.«

»Tun Sie das nur, ich habe nichts dagegen und auch nichts zu verbergen. Auch wenn ich nach wie vor stinksauer auf Anja bin, ich könnte ihr nie im Leben etwas antun.«

Die Detektive verabschiedeten sich und gingen zum Wagen zurück.

Unterwegs fragte Peter: »Glaubst du ihm?«

»Sonderbarerweise ja. Er macht einen halbwegs intelligenten Eindruck und hat sich für uns bestimmt keine Geschichte ausgedacht, die bei der ersten Überprüfung in sich zusammenfällt.«

»Stimmt. Dennoch brauchen wir wieder mal Kommissar Hernandez.«

»Wieso, der ist doch auf Mallorca.«

»Das schon. Aber willst du nach Teneriffa fliegen und …«

»Klar, jederzeit«, meinte Stefan lachend, und Peter sagte grinsend: »Das glaube ich dir gern. Ich übrigens auch. Aber wie sollen wir mit unseren bescheidenen Spanischkenntnissen, die sich gerade mal auf *una cerveza, por favor* beschränken, eine brauchbare Befragung hinbekommen? Die Polizei dort wird uns bestimmt nicht helfen. Da hat es Kommissar Hernandez, wenn er seine Kollegen vor Ort um Hilfe bittet, schon leichter.«

»Gut, dass sich unser Verhältnis zu ihm inzwischen deutlich verbessert hat.«

In der Untersuchungshaftanstalt, wo Fabian Junker inhaftiert war, herrschte schon seit einigen Tagen eine explosive Stimmung. Seit einer Massenschlägerei in der vergangenen Woche, die fast in eine Revolte gemündet wäre, war nichts mehr, wie es vorher war. Alle Vergünstigungen waren gestrichen worden, und einige Insassen erwartete nun ein zweiter Prozess, weil drei Vollzugsbeamte so schwer verletzt worden waren, dass einer von ihnen mit dem Tode rang.

Viele der Insassen waren hartgesottene Verbrecher, die im Falle einer Verurteilung mit langjährigen Haftstrafen zu rechnen hatten und denen das Schicksal anderer Menschen herzlich egal war. Auch sie waren nun den größten Teil des Tages in ihren Zellen eingeschlossen und durften sich nicht, wie sonst, einigermaßen ungezwungen im Trakt bewegen.

Aber davon bekam Fabian Junker, der den Kontakt zu den anderen Mitgefangenen mied, nichts mit. Weder davon, dass die Stimmung im Zellentrakt einem Pulverfass glich, das der kleinste Funke zum Explodieren bringen könnte, noch davon, dass einer seiner Mitgefangenen, der sonst nie Besuch bekam, an diesem Tag zum Besuchszimmer gebracht worden war. Fabian hatte genug damit zu tun zu überlegen, was ihm mehr nutzen konnte – zu schweigen oder auszupacken.

Als dieser Mitgefangene, übrigens einer der Anstifter der Massenschlägerei, der unter den Wachleuten wegen seiner Aggressivität einen sehr schlechten Ruf hatte, in seine Zelle zurückkehrte, war selbst er so verwirrt, dass er es glatt vergaß, dem Schließer die obligatorische Frechheit an den Kopf zu werfen.

Harald Auermann setzte sich stattdessen auf sein Bett und murmelte: »Was sollte denn das?« Sein Cousin, der wie alle aus der Familie bislang nichts mehr mit ihm zu tun haben wollte, meldete sich plötzlich bei ihm? *Na ja, soll mir egal sein,* dachte er. *Immerhin hat er mir angeboten, meine Schwierigkeiten draußen zu regeln und Frieden mit mir zu schließen. Wenn ich eines Tages aus dem Knast komme, habe ich es etwas leichter, wenn da jemand ist, zu dem ich gehen kann. Außerdem hat er mir von diesem Fabian Junker erzählt, der auch hier einsitzt. Den scheint er gar nicht leiden zu können. Nun gut, eine Hand wäscht die andere. Tu ich eben mal was für ihn.* Aber abgesehen davon, schien ihm dieser Fabian auch ein prima Opfer zu sein, um nochmal so richtig was loszumachen. Mal sehen, wer noch dabei mitspielte, die blöden Schließer mal so richtig alt aussehen zu lassen.

Er überlegte kurz, wie er die Sache anpacken würde, und als zwei Stunden später die Zellen geöffnet wurden, um den Häftlingen das Duschen zu ermöglichen, war er einer der ersten, die im Duschraum waren. Sofort scharte er drei, vier Leute, von denen er wusste, dass sie nicht zimperlich waren, um sich und erklärte ihnen, was er vorhatte.

Er schloss mit den Worten: »'ne Braut bei der Brautentführung umbringen zu wollen. Das ist doch fast schon so schlimm wie Kinderschändung. Was sollte man mit so einem Arsch machen?«

»Zusammendreschen, dass er so schnell nicht wieder aufsteht«, rief einer, und die anderen, die nur auf irgendeinen Anlass gewartet hatten, wieder loslegen zu können, stimmten grölend zu.

»Nicht so laut, sonst hört uns noch jemand, und irgend so ein Hosenscheißer verpfeift uns, bevor es losgeht. Wir warten ab, bis er unter der Dusche steht und dann: Heidewitzka, Herr Kapitän.«

Kaum hatte er den Satz beendet, da tauchte Fabian Junker auch schon auf. Zielstrebig ging er zur letzten freien Dusche, und als er unter dem Wasserstrahl stand, traten die anderen hinzu.

Der erste versetzte ihm einen Leberhaken, dass Fabian sich krümmte, und der nächste richtete ihn wieder auf, indem er ihn seine Faust unters Kinn rammte. Dann trat Auermann heran, riss den vollkommen verblüfften jungen Mann an den Haaren unter der Dusche hervor und prügelte mit beiden Fäusten auf ihn ein, als wollte er ihn totschlagen.

Da hielten auch die anderen sich nicht länger zurück und traten auf den inzwischen am Boden Liegenden ein. Es kamen sogar noch einige weitere Häftlinge dazu und machten mit.

Inzwischen hatten die Wachleute bemerkt, dass in der Dusche etwas vor sich ging, und waren herbeigeeilt. Doch die Schläger ließen nicht von ihrem Opfer ab und grölten dabei so laut, dass die Stimme des aufsichtführenden Beamten im Lärm unterging. So sah dieser sich, um das Leben von Fabian Junker zu retten, genötigt, einen Warnschuss in die Decke abzugeben. Die Kugel prallte aber so unglücklich an einem Wasserrohr ab, dass der dadurch entstandene Querschläger Harald Auermann in den Bauch traf.

Nachdem der Schuss verhallt war, wurde es still, und die inzwischen bestimmt zehn Leute, die gerade noch auf den bewusstlosen jungen Mann eingetreten hatten, traten schnell einen Schritt zurück. Erst jetzt bemerkten sie, dass auch ihr Anführer getroffen am Boden lag und sich vor Schmerzen krümmte. Im ersten Moment wollte die Meute nun auf die drei Aufseher losgehen, die zwar bewaffnet, aber eben deutlich in der Unterzahl waren, aber da ihnen niemand mehr sagte, was sie tun sollten, entschieden sie sich dafür aufzugeben.

In der Überwachungszentrale des Gefängnisses, wo man über zahlreiche Monitore und die damit verbundenen Kameras das Geschehen in der Haftanstalt im Blick behielt, war das Geschehen zum Glück nicht verborgen geblieben. So waren nur wenige Minuten später zwei Rettungswagen vor Ort, um die beiden Schwerverletzten abzutransportieren. Zumindest für einen von ihnen sahen die Prognosen im Moment alles andere als rosig aus.

Kurz nach fünf kamen Stefan und Peter beim Detektivbüro an. Sie fanden es still und verlassen vor, wunderten sich aber nur kurz darüber, denn dann fiel ihnen ein, dass Annika an diesem Nachmittag frei hatte, um sich mit einer alten Freundin zu treffen, die vor Kurzem nach Kelkheim gezogen war. Auch Verena war anderweitig beschäftigt, nämlich mit den Zwillingen ins Main-Taunus-Einkaufszentrum gefahren, da diese nach den großen Ferien in die Schule kommen würden und noch mit Schulranzen, Mäppchen und anderem Zubehör ausgerüstet werden mussten. Dass aber auch Claus nicht da war, konnte nur bedeuten, dass er bereits zum griechischen Lokal gefahren war, um den Wirt zu befragen.

»Aber sein Auto steht noch vor der Tür«, gab Stefan zu

bedenken, doch Peter sagte schnippisch: »Er wird wohl gelaufen sein, es ist ja nicht weit. Immerhin ist er als ehemaliger Polizeibeamter das Sparen gewohnt. Außerdem ist er nicht so faul wie du und gute drei Jahre jünger wie ich.«

Dann ging er nach hinten in den kleinen Raum, der ihnen nicht nur als Lager für ihre technischen Geräte, sondern auch als Teeküche diente, und kochte Kaffee. Er war kaum zurück an seinem Schreibtisch, da ging die Eingangstür auf, und Claus kam herein.

»Nimm dir einen Kaffee, er ist frisch gekocht«, sagte Peter, »und sag, was du erfahren hast.«

»Nichts«, erwiderte Claus knapp.

»Wie bitte?«

»Der Wirt ist im Moment in Griechenland. Er wird Samstag früh mit der ersten Maschine aus Athen zurückerwartet.«

»Wie geht denn so was?«, fragte Stefan. »Am Samstag war er doch anwesend; zumindest wenn man Florian Kaiser glauben darf.«

»Das stimmt auch so. Der Wirt hatte vor, mit der ersten Maschine am Sonntagmorgen, die geht um kurz nach sechs Uhr vom Flughafen Hahn, nach Chania auf Kreta zu fliegen. Da er Angst hatte, wegen einer eventuellen Vernehmung seinen Flug zu verpassen, hat er gar nicht erst auf die Polizei gewartet, nachdem er sie gerufen hat. Er wies seine Angestellten noch an, Erste Hilfe zu leisten, und fuhr dann nach Hause, um zu packen. Er hat, wie mir seine Thekenkraft glaubhaft versichert hat, ohnehin nichts gesehen. Am Samstag kommt er mit der ersten Maschine zurück.«

»Hätte er den Flug nicht einfach um einige Tage verschieben können?«

»Nach dem, was sein Angestellter sagt, nur schlecht. Er hatte schließlich nicht vor, Urlaub zu machen, er wollte

Wein für die kommende Saison einkaufen und hatte Fixtermine auf fünf Weingütern und bei einem Großhändler in Heraklion.«

»Sonntags?«, fragte Stefan verwundert.

»Das habe ich den Mann auch gefragt, und ich erfuhr, dass die Eltern des Wirts auf Kreta leben, in Rethymno. Er besucht sie am Sonntag und fährt dann mit dem Wagen seines Vaters ab Montag früh kreuz und quer über die ganze Insel.«

»Es ist aber auch wie verhext, es ist nichts rauszubekommen«, sagte Peter. Dann fing er an zu grinsen und meinte: »Vielleicht sollten wir am Samstagabend mal alle zusammen Griechisch essen gehen.«

Dann trank er seine Kaffeetasse leer.

Klaus Dippler, dem zukünftigen Chef von Jörg Volkmeier, ging nicht mehr aus dem Kopf, was er von seinem neuen Angestellten erfahren hatte. Der Zufall hatte es so gewollt, dass Dippler gerade zu der Zeit, als es geschehen war, in einer kleinen Runde im Lokal gesessen und die Silberhochzeit von Freunden gefeiert hatte. Leider – oder zum Glück – hatten sie nicht allzu viel von der ganzen Sache mitbekommen, sodass die Befragung durch die Polizei nicht lange dauerte. Als die kleine Feiergesellschaft um kurz vor zwölf das Lokal verlassen durfte, waren die anderen Befragungen noch in vollem Gange gewesen. Wie ihm zu Ohren gekommen war, waren die letzten Gäste um halb drei nach Hause entlassen worden.

Je länger er über diesen Abend nachdachte, umso mehr kam er zu der Erkenntnis, dass er irgendetwas bemerkt hatte, was sonst noch niemandem aufgefallen war. Leider war ihm nicht bewusst, was genau das gewesen sein könnte. Vorerst wollte er seinem neuen Mitarbeiter daher nicht sagen, dass er nur wenige Meter entfernt gesessen hatte, als seine frisch angetraute Ehefrau in den Rettungswagen geschoben worden war. Außerdem nahm er sich vor, mit seinem Freund Ulrich Zahn und vielleicht auch dessen Familie noch einmal über diesen Abend zu sprechen. Wenn sie sich gemeinsam zu erinnern versuchten, fiel ihm vielleicht wieder ein, was er zu wissen glaubte. Gleich am Abend, wenn er von der Arbeit nach Hause kam, wollte er ihn anrufen.

Die junge Frau wartete schon eine ganze Weile sehnsüchtig auf einen Anruf, und als das Telefon endlich läutete, hob sie schnell ab und meldete sich erwartungsvoll: »Alissa Zahn.«

Ihre Erwartungen bekamen aber sogleich einen Dämpfer, denn es war nur die Stimme von Klaus Dippler, dem besten Freund ihres Vaters, die ihr aus dem Hörer entgegenkam.

»Hallo, Alissa, ist dein Vater zu Hause?«

»Noch nicht, aber er müsste jeden Moment zurückkommen. Er holt nur noch schnell das Auto aus der Werkstatt. Die alte Mühle hat wieder mal den Geist aufgegeben.«

»Okay, ich müsste ihn unbedingt sprechen, es ist wichtig. Kannst du Ulrich sagen, er soll mich möglichst heute Abend noch anrufen?«

»Klar, mach ich – aber warte mal, gerade wird die Wohnungstür aufgeschlossen.«

Es war selbstverständlich, dass die achtzehnjährige Alissa Klaus Dippler duzte, denn ihre beiden Familien waren seit vielen Jahren gut befreundet und schon so manches Mal zusammen im Urlaub gewesen.

Unterdessen war Ulrich Zahn in den Flur gekommen, sah seine Tochter telefonieren und fragte: »Dein Freund?«

»Nö, deiner«, antwortete Alissa grinsend, übergab ihm den Hörer und ging in ihr Zimmer zurück.

Als sich die Tür hinter seiner Tochter geschlossen hatte, sagte Ulrich Zahn: »Hallo, Klaus, schön, dass du dich meldest. Wie geht es dir?«

»Nicht so gut. Ich müsste mal mit dir über letzten Samstag reden. Hast du Zeit?«

»Klar, für dich immer. Aber warte, ich nehme das Telefon mit ins Wohnzimmer, da redet es sich gemütlicher«, sagte Ulrich Zahn. Eine gute Dreiviertelstunde später schloss er das Gespräch mit den Worten: »Ich weiß auch nicht, was das sein könnte, aber sprich doch mal mit den Detektiven in der Frankfurter Straße. Die sind, soviel ich weiß, an dem Fall dran. Vielleicht stellen sie dir ja die richtigen Fragen.«

Nachdem er aufgelegt hatte, ging Ulrich Zahn zum Zimmer seiner Tochter, klopfte an und fragte: »Wollte dein Freund nicht heute Abend vorbeikommen?«

»Ja, ich bin schon ganz nervös, weil ich noch nichts von ihm gehört habe. Er ruft einfach nicht an, wenn's später wird. Nicht auf dem Festnetzanschluss, das könnte ich ja verstehen. Aber er meldet sich auch nicht auf meinem Handy. Warum nur? Als Klaus vorhin …«

»Jaja, so sind sie nun mal, die jungen Burschen, wenn irgendwo ein Glas Bier lockt, ist die Freundin vergessen. Egal wie schön sie ist«, unterbrach Zahn seine Tochter und drehte sich zur Wohnungstür um, denn gerade kam seine Frau Ulrike zur Tür herein und hatte Heiko Junker, den Freund ihrer Tochter, im Schlepptau.

»Immer rein in die gute Stube«, sagte Ulrich Zahn grinsend zu ihm, »du wirst schon sehnsüchtig erwartet«, und sah ihm nach, bis er in Alissas Zimmer verschwunden war. Er hatte zwar nicht die allerbeste Meinung von dem jungen

Mann, der immer freundlich, aber auch irgendwie aalglatt wirkte. Aber er wollte auch nicht die gleichen Fehler machen wie seinerzeit seine Eltern. Sie hatten seine Freundin und spätere Frau zuerst vehement abgelehnt, und das nur, weil sie aus einfachem Hause war. Sie waren nicht einmal zur Hochzeit gekommen. Erst als Alissa unterwegs war, hatten sie, ihrer Enkelin zuliebe, wie sie selbst heute noch beteuerten, begonnen, sich wieder anzunähern.

»Endlich bist du da«, sagte Alissa Zahn erleichtert, aber auch ein bisschen vorwurfsvoll, als ihr Freund, gut und gern eineinhalb Stunden verspätet, ihr gegenüber Platz genommen hatte.

»Was ist denn los? Warum machst du immer eine solche Hektik?«

»Du weißt genau, dass wir zusammen nach Frankfurt ins Kino wollten. Wir hätten Papas Auto nehmen können. Er hat es extra für uns noch heute aus der Werkstatt geholt. Dazu ist es jetzt allerdings zu spät, der Film läuft bereits.«

»Morgen läuft er auch noch, außerdem hab ich im Moment auf Kino eh keine rechte Lust.«

»Aber wir wollten …«, begann Alissa und gab es dann resignierend auf. In den letzten drei, vier Wochen verstand sie Heiko immer weniger. Er hielt Verabredungen nur noch ein, wenn es ihm passte, kam selbst dann immer zu spät, und von Interesse oder gar Zärtlichkeiten konnte keine Rede mehr sein. Nicht zum ersten Mal drängte sich ihr der Verdacht auf, dass Heiko sie lediglich als »gute Partie« sah, da ihre Großeltern ziemlich vermögend waren.

»Tut mir leid, aber ich hatte etwas Wichtiges zu tun«, sagte er zwar, aber Alissa hatte das Gefühl, dass das alles andere als eine Entschuldigung sein sollte.

»Was gibt es Wichtigeres als mich?«

»Meine Güte, stell dich nicht so an. Mein Bruder hat mich so lange aufgehalten«, fuhr er sie an. Sie war sich sicher, dass er log.

»Ach, das ist ja interessant. Jetzt kennen wir uns schon fast ein Jahr, und heute erfahre ich zum ersten Mal, dass du einen Bruder hast.«

»Meine Fresse, geht dich das was an? Ist doch meine Sache.«

»Ich finde es nicht in Ordnung, wie du mit mir umgehst«, rief Alissa verärgert, »eigentlich hatte ich dich fragen wollen, ob wir uns nächste Woche, an unserem ersten Jahrestag, nicht verloben wollen. Aber so?«

»Macht nichts, ich hätte sowieso Nein gesagt.«

»Warum?«

»Weil ich im Moment für so was kein Geld übrig habe. Ring, Feier, vielleicht noch 'ne kleine Reise, nee, nicht mit mir. Im Moment bin ich schon froh, wenn ich mir die nächste Tankfüllung leisten kann.«

»Dass du kein Geld mehr hast, ist einzig und allein deine Schuld. Warum schmeißt du deinen Job …«

»Du meinst doch wohl nicht, dass ich mir mit Arbeit mein Leben versaue!«, konterte Heiko und setzte dann unbedacht hinzu: »Es gibt auch andere Wege.«

»Ja, hier den Kühlschrank leerfressen und anschließend mich anpumpen«, explodierte Alissa, und ehe sie selbst recht verstand, was sie sagte, setzte sie hinzu: »Geh bitte jetzt und komm erst wieder, wenn du wieder normal geworden bist.«

6.

Am nächsten Morgen fuhren Claus und Verena nach Königstein, wo der ehemalige Mandant von Burkhard Pfannmöller wohnte. Die beiden hatten die Befragung übernommen, weil es für Peter und Stefan vielleicht zu knapp geworden wäre, pünktlich um zwölf Uhr in Sulzbach beim nächsten Verdächtigen zu sein.

Seit sich ihre kleine Detektei um einen ständigen Mitarbeiter vergrößert hatte und auch ihre Frauen wieder stärker eingestiegen waren, hatte sich ihr Arbeitsrhythmus deutlich verändert. Einerseits waren sie froh darüber, nicht mehr jede Kleinigkeit selbst erledigen zu müssen, andererseits fiel es ihnen unerwartet schwer, genau das nicht mehr zu tun.

Sie kamen sich etwas seltsam dabei vor, als sie im Büro saßen, Kaffee tranken und auf Annika warteten, die ab halb elf Uhr den Telefondienst übernehmen würde, während Verena und Claus in Sachen Ermittlung unterwegs waren. Dennoch hatte es sich bereits ausgezahlt, dass sie zeitweise zu fünft arbeiteten, da das Telefon praktisch nie mehr unbesetzt war. So viele Aufträge wie im letzten Vierteljahr hatten sie noch nie vorher zu bearbeiten gehabt.

Auch an diesem Vormittag erreichte sie so ein Anruf, den sie sonst vielleicht nicht erhalten hätten. Ein Klaus Dippler meldete sich bei ihnen und fragte, ob sie es seien, die den Fall mit der überfahrenen Braut bearbeiteten.

»Ja, das sind wir«, sagte Stefan, der das Gespräch angenommen hatte, »weshalb fragen Sie?«

»Weil ich … äh … nicht weiß, ob ich vielleicht etwas zur Aufklärung beitragen kann.«

»Wie meinen Sie das?«

»Ich war Gast im Lokal, als es passierte …«

»Ja?«, unterbrach ihn Stefan sofort. »Dann kommen Sie doch am besten heute Nachmittag bei uns vorbei. Mein Kollege und ich müssen jetzt zu einer Befragung aufbrechen, aber falls wir noch nicht zurück sind, wird ein anderer Kollege Sie empfangen. Außerdem ist noch eine Kollegin anwesend. Kommen Sie so gegen drei.«

Kurz nachdem das Gespräch beendet war, kam Annika zur Tür herein, Peter setzte seine Frau über den Anruf ins Bild und endete mit dem Satz: »Hast du heute Nachmittag Zeit, bei dem Gespräch dabei zu sein, oder musst du weg?«

»Nein, Verenas Eltern kümmern sich heute den ganzen Tag um die Zwillinge, da dein Vater es nicht, wie vorgesehen, machen kann. Er hat nur so sonderbar gesagt, er habe ganz überraschend einen Arzttermin aufs Auge gedrückt bekommen. Stimmt da etwas nicht?«

»Frag mich was Leichteres, du weißt schon mehr als ich. Okay, dann fahren wir jetzt nach Sulzbach«, sagte Peter, und die beiden Detektive verließen das Büro.

Unterdessen waren Claus und Verena vor dem älteren Haus in der Königsteiner Innenstadt angekommen und hatten bei dem Mann geklingelt, der Burkhard Pfannmöller gedroht hatte, er würde es irgendwann einmal zu spüren bekommen, was es bedeute, seine Tochter zu verlieren.

Aber schon die ersten Worte des Mannes, und vor allem, wie er sie sagte, ließen Zweifel an seiner Täterschaft aufkommen. Er habe, wie er ihnen glaubhaft versicherte, inzwischen eingesehen, dass die Schuld dafür, sein Kind nicht mehr sehen zu dürfen, allein bei ihm lag. Als er erfuhr, was mit der Tochter des Anwalts geschehen war, schien er ehrlich bestürzt zu sein.

»Nein, damit habe ich nichts zu tun, das müssen Sie mir glauben. Zu so etwas Hinterhältigem wäre ich gar nicht fähig. Ich trinke auch nicht mehr so viel und mache eine Anti-Gewalt-Therapie. Mein Therapeut meint, ich würde gute Fortschritte machen.«

»Ach ja«, sagte Verena noch etwas misstrauisch, und Claus fragte ihn nach seinem Alibi. Danach verabschiedeten sie sich.

Auf dem Rückweg zum Auto fragte Claus: »Was hältst du von ihm?«

»Ich mag ihn nicht sonderlich, aber das macht ihn noch nicht automatisch zum Täter. Ganz im Gegenteil. Wenn ich ihn neutral betrachte, bin ich mir zu achtzig Prozent sicher, er war's nicht. Klar, er hätte tricksen können, so viel gab das wacklige Alibi schon her, aber ehrlich gesagt, ich halte ihn nicht für gerissen genug, um den Gesprächstermin mit seiner Ex-Frau in Hannover als Ausrede zu nutzen. Gut, er will mit dem Zug hingefahren sein, obwohl er ein Auto hat, das spricht gegen ihn. Aber er hätte sich dort unbemerkt einen schnellen Wagen besorgen und sich am frühen Abend aus dem Hotel schleichen müssen, dann hätte er hier in einen anderen Wagen umsteigen, diesen verschwinden lassen und anschließend wieder genauso unauffällig ins Hotel zurückkehren müssen, damit er am nächsten Morgen, als wäre nichts geschehen, am Frühstückstisch auftauchen konnte. Nein, dazu hat er nicht das Format.«

»Im Grunde sehe ich das genauso. Aber überprüfen müssen wir es trotzdem.«

»Klar.«

Als Peter ins Industriegebiet von Sulzbach einbog, sagte er: »Schade, dass dieser Verein nicht mehr in Hattersheim ist wie früher.«

»Warum?«

»Dann hätten wir anschließend mal bei meinen Eltern vorbeifahren können. Ich sehe sie in letzter Zeit viel zu selten.«

»Ich fürchte, dafür wäre es zu knapp geworden. Wir wissen nicht, wie lange das Gespräch mit dem Bruder unseres Tatverdächtigen dauert, und außerdem wartet schon um drei Uhr dieser ... wie hieß er noch? Klaus Dippler im Büro. Wer weiß, was der uns zu erzählen hat.«

»Du hat recht. Hoffentlich liefert uns einer von den beiden endlich einen gescheiten Hinweis. Wir brauchen dringend eine Spur. Auch wenn ich Jörg Stuhlbein wirklich gut leiden kann, ich möchte trotzdem die Nase vorn behalten.«

Während er das sagte, bog Peter in die Sackgasse ein, an deren Ende sich das Gebäude der Tierschutzorganisation Tasso befand. Er parkte im Seitenstreifen und stieg aus.

Stefan folgte seinem Freund und Kollegen schnell, denn Peter hatte ihren Gesprächspartner, der rauchend vor dem Haus stand, bereits ausgemacht.

Sie gingen auf den sympathisch wirkenden Mann Anfang vierzig zu, der sie freundlich begrüßte: »Sie sind die beiden Detektive aus Kelkheim?«

»Ja, sind wir«, sagte Stefan. »Sie arbeiten hier bei Tasso in der Telefonzentrale, was ist das eigentlich für ein Laden?«

Da hatte er aber etwas gefragt. Der Mann, der nun ganz

in seinem Element war, erklärte ihnen: »Tasso e.V. ist ein gemeinnütziger Verein, der ganz ohne Zuschüsse der öffentlichen Hand auskommt und sich nur über Spenden finanziert. Außerdem arbeiten wir nur zum Gemeinwohl und sind nicht gewinnorientiert. Eines unserer Kernfelder ist das Haustierregister, bei dem die Haustiere einen Chip eingepflanzt bekommen, mit dem sie, falls sie denn einmal vermisst werden, wiedergefunden und vor allem einwandfrei identifiziert werden können. Aber das ist noch lange nicht alles. Im Laufe der Jahre sind immer mehr Aufgabenfelder hinzugekommen. So beschäftigen wir uns auch mit dem Tierschutz im Ausland, also in Ländern, wo dieses Thema im Grunde noch gar keines ist. Darüber hinaus helfen wir mit, das leidige Thema der verelendeten freilebenden Katzen und ihre unkontrollierte Vermehrung in den Griff zu bekommen. Aber wir stellen auf unserer Homepage auch Informationen zu allerlei Wissenswertem rund um den Tierschutz zur Verfügung. Das sollten Sie sich unbedingt mal …«

»Ja, gern«, sagte Stefan beeindruckt, und Peter, der die ganze Zeit interessiert zugehört hatte, meinte: »Wir können uns gern ein anderes Mal über dieses zweifelsohne wichtige Thema unterhalten, aber im Moment brennt uns ein anderes auf den Nägeln.«

»Schon klar«, sagte der Mann, »Aber dazu müsste ich wissen, um was es genau geht. Mein Bruder ist manchmal etwas schwierig.«

»Schwierig ist gut. Er hat sich nicht im Griff, meinen Sie wohl.«

»So könnte man es auch ausdrücken«, stimmte Volkmar Klein zu, dem bei dem Thema sichtlich unwohl war.

In den nächsten zehn Minuten erklärten Stefan und Peter, was vorgefallen war und warum sie alle Leute überprüften, die ein Motiv für die Tat gehabt haben könnten. Als sie geendet hatten, sagte Klein: »Ich verstehe, was Sie meinen, und kann Ihren Gedanken auch sehr gut nachvollziehen. Mein Bruder hat sich des Öfteren lautstark und abfällig über Herrn Pfannmöllers Tochter geäußert. – Obwohl sie mit ihren Vorwürfen, was seinen Umgang mit den Schafen angeht, vollkommen im Recht war. Das muss ich unumwunden zugeben. Zuzutrauen wäre es ihm auch, denn er hat, wie Sie ganz richtig bemerken, sich nicht immer im Griff. Bei einer spontanen Tat wäre er ein ganz heißer Kandidat. Andererseits ist er einfach nicht helle genug, so etwas, ganz ohne Spuren zu hinterlassen, durchzuziehen.«

»Wie kommt es, dass Brüder derart ungleich sein können?«, fragte Peter.

»Wir sind nur Halbbrüder und haben andere Mütter – zum Glück«, antwortete Volkmar Klein, »dennoch bin ich der einzige Mensch, der wenigstens manchmal bis zu ihm durchdringt. Ich könnte versuchen, ihm zu erklären, dass ein Gespräch mit Ihnen für ihn von Vorteil sein könnte. Wenn er bereit dazu sein sollte, rufe ich Sie an. Können wir so verbleiben?«

»Ja, melden Sie sich bei uns im Büro, hier ist unsere Karte«, antwortete Peter, und nachdem sie noch einige private Worte gewechselt hatten, sagte der Tierschützer: »So, meine Mittagspause ist schon seit einigen Minuten um. Ich darf mich verabschieden?«

»Okay, wir hören von Ihnen, bis dann.«

Später auf der Rückfahrt sagte Stefan nachdenklich: »Ob Klein ganz bewusst in den Tierschutz gegangen ist, weil sein Halbbruder so gar nichts damit anfangen kann? Nun ja, ich werde mir die Vereinsseite einmal ansehen und auch was spenden. Scheint ja 'ne gute Sache zu sein.«

Während die Taunus-Ermittler alle Hände voll zu tun hatten, saß Jörg Volkmeier in seiner Wohnung und starrte die Wände an. Seit seine Frau Anja im künstlichen Koma lag, war er nur noch ein Schatten seiner selbst. Nichts machte ihm Freude, und auch der Versuch, die Wohnung zu renovieren, bis seine Frau aus der Klinik nach Hause käme, war bereits im Ansatz stecken geblieben. Selbst als es hieß, sie schwebe nun nicht mehr in Lebensgefahr, war es nicht besser geworden. Es glich einem Wunder, dass er das Bewerbungsgespräch so reibungslos über die Bühne gebracht und den Job zum nächsten Ersten bekommen hatte. Selbst das Handballtraining, das ihm immer sehr viel bedeutet hatte, zog nicht mehr so richtig. Was aber auch damit zu tun haben mochte, dass er als frischgebackener Ehemann nun mehr Rücksicht auf seine Frau nehmen und in seinem Freizeitverhalten neue Prioritäten setzen musste.

Gerade als er aus seinem Sessel aufstehen und in die Küche schlurfen wollte, um die Espressomaschine anzuwerfen, läutete das Telefon. Er erschrak und malte sich sofort die schrecklichsten Dinge aus. Als ihm dann auch noch die Stimme Professor Ivanovics von der Bad Sodener Klinik entgegentönte, war es mit seiner Selbstbeherrschung erst einmal vorbei.

»Was ... was ist geschehen? Ist ... ist etwas mit Anja?«, stammelte er in den Apparat.

»Beruhigen Sie sich, Herr Volkmeier, es ist alles in bester Ordnung. Ich wollte Ihnen nur mitteilen, dass wir Ihre Frau noch heute aus dem künstlichen Koma holen. Wenn Sie Lust dazu haben, können Sie sie heute Nachmittag besuchen. Bis dahin wird sie die Intensivstation verlassen haben. Zum Glück ist alles viel weniger schlimm als zuerst befürchtet. Auch wenn sie noch viel schlafen wird, können Sie doch bestimmt einige Worte mit ihr wechseln.«

»Danke, Herr Professor«, sagte Jörg erleichtert, legte auf und wählte sofort die Nummer seines Schwiegervaters. Wenige Augenblicke später tönte ihm die etwas genervt klingende Stimme des Anwalts entgegen.

»Pfannmöller, was kann ich für Sie tun?«

»Nichts, aber ich vielleicht etwas für dich, bester Schwiegervater«, antwortete Jörg gut gelaunt und erzählte in kurzen Worten, was der Arzt ihm gerade eröffnet hatte.

»Das ist ja wunderbar«, rief Burkhard Pfannmöller laut in den Apparat, und fast gleichzeitig konnte man Claudia Werkers Stimme vernehmen: »Was gibt's denn, Schatz?«

»Gute Nachrichten«, sagte der Anwalt, und Jörg hörte ihm die Erleichterung an. Dann sagte er wieder zu seinem Schwiegersohn: »Tut mir leid, wenn ich dich am Telefon eben etwas angefahren habe, aber seit ich beschlossen habe, etwas kürzer zu treten, rennen mir die Mandanten geradezu die Bude ein. Aber wie auch immer: Ich bin um zwei Uhr bei dir, dann fahren wir zusammen in die Klinik.«

»Nicht du, sondern wir«, hörte man aus dem Hintergrund Claudias Stimme.

»Das kann doch wohl nicht wahr sein«, stöhnte Claus Mergentheimer. »Alle Spuren führen ins Nichts.«

Zurück von ihren Befragungen aus Sulzbach und Königstein, hatte sich das Team wieder im Büro zusammengefunden und die mageren Ergebnisse ausgetauscht. Inzwischen waren Verena und Annika wieder unterwegs, um die Zwillinge von ihren Eltern zu übernehmen und anschließend bei Annika Kaffee zu trinken und mit Sven Vokabeln zu pauken.

»Wie sollen wir da jemals weiterkommen?«, fuhr Claus fort. »Als ich noch bei …«

»Jaja, die gute alte Zeit bei der Polizei«, neckte Peter ihn sofort und setzte dann hinzu: »Ach, Claus, da siehst du mal, mit welchen Problemen wir Detektive uns Tag für Tag herumschlagen müssen. Die Polizei hält den Leuten einfach ihren Ausweis unter die Nase, dann fangen sie von selbst an zu plaudern. Bei uns hingegen …«

Was Peter sagen wollte, ging im Läuten der Türglocke unter. Klaus Dippler betrat das Büro. Als er Platz genommen und sich vorgestellt hatte, sagte er ganz direkt: »Ich war mit meiner und einer befreundeten Familie im Biergarten des Lokals, als der Unfall passierte. Ich glaube, dass ich irgendetwas Wichtiges gesehen habe, kann mich aber beim besten Willen nicht daran erinnern, was es war.«

»Dann gehen wir den Abend am besten gemeinsam, Schritt für Schritt durch«, sagte Claus, der von seinen Kollegen schon auf den Besuch Dipplers vorbereitet worden war. »Vielleicht bekommen wir es zusammen heraus.«

Eine halbe Stunde später, sie hatten den Abend inzwischen in sämtliche Details zerlegt, die Herrn Dippler noch einfielen, sagte Stefan: »Sind Sie sicher, etwas beobachtet zu haben? Oder könnte es vielleicht auch etwas sein, was Sie gehört, vielleicht sogar gerochen haben?«

Zuerst sahen alle Stefan verwundert und skeptisch an, doch dann fuhr Klaus Dippler plötzlich in die Höhe, schlug sich mit der flachen Hand gegen die Stirn und sagte: »Ja, klar, das ist es. Sie haben vollkommen recht. Es war etwas, das ich gehört habe. Dass ich da nicht von selbst drauf gekommen bin.«

»Wer hat etwas gesagt?«, fragte Peter sofort, aber Klaus Dippler erklärte: »Nein, keine Worte, ein Geräusch. Ich hörte auf dem Parkplatz hinter der kleinen Laube einen alten Diesel anspringen. Dem Motorengeräusch nach war es ein Mercedes, ich hab das typische Rasseln der Steuerkette noch genau im Ohr und hörte ihn eine ganze Weile im Leerlauf nageln. Ich hab damals nicht so genau darauf geachtet, weil ich im Gespräch mit meinen Freunden war, aber mir ist, als ob nach einigen Minuten der Motor genau dieses Wagens laut aufgeheult hätte, und im nächsten Moment hat es auch schon gekracht.«

Augenblicklich waren die drei Detektive hellwach, und Stefan fasste zusammen: »Ein alter Mercedes Diesel sagten Sie? Erst einige Zeit im Leerlauf, dann der aufheulende Motor und schließlich der Aufprall. Sind Sie ganz sicher?«

»Meine Hand würde ich nicht dafür ins Feuer legen, dass es wirklich ein alter Wagen war, aber je länger ich darüber nachdenke, umso sicherer bin ich mir, dass zumindest der Ablauf genau so war.«

Unterdessen waren Jörg Volkmeier, sein Schwiegervater und dessen Lebensgefährtin im Krankenhaus angekommen. Im Foyer waren sie mit Anjas Geschwistern zusammengetroffen, die von ihrem Vater sofort benachrichtigt worden waren.

Auf Anraten des Stationsarztes war Jörg erst einmal allein ins Zimmer gegangen und trat an Anjas Bett.

Als sie ihren Mann erblickte, legte sich ein schwaches Lächeln um ihre Mundwinkel, und sie hauchte: »Jörg, schön, dass du da bist.«

Jörg Volkmeier musste sich schwer beherrschen, um seiner Frau nicht ungestüm um den Hals zu fallen, aber der Arzt hatte ihn zu ruhigem Verhalten ermahnt. So beschränkte er sich darauf, ihre Stirn zu küssen und zu sagen:

»Draußen steht deine ganze Familie. Wenn es dir nicht zu viel wird …«

»Nein, hol sie nur rein«, sagte Anja, dann fielen ihr erst einmal die Augen zu.

Als alle am Bett versammelt standen, schlug sie noch einmal die Augen auf, grinste frech und sagte schnippischer, als man es in dieser Situation erwarten konnte: »Hallo, Leute. So schnell werdet ihr mich nicht los. Unkraut vergeht nicht.«

Die kurze Ansprache hatte sie allerdings so sehr angestrengt, dass sie nun fest einschlief.

Ihre Schwester Karin sagte an die junge Frau gewandt: »Ja, schlaf dich gut aus, umso schneller wirst du wieder fit.« Dann drehte sie sich zu ihrem Schwager um. »Das würde ich dir übrigens auch empfehlen, so scheiße, wie du aussiehst.«

Jörg war viel zu verdattert, um etwas Vernünftiges von sich zu geben, und antwortete nur: »Anja braucht mich doch jetzt.«

»Eben drum«, kam es prompt von Beate.

Während Claudia Werker über die Schlagfertigkeit von Burkhards Töchtern schmunzelte, bekam ihr Lebensgefährte nicht viel davon mit. Er stand mit glasigen Augen am Fuß des Bettes und betrachtete seine Jüngste voller Sorge. Er fühlte sich um zwanzig Jahre zurückversetzt, als er so am Bett seiner Frau Marianne gestanden hatte, die nach ihrem schweren Autounfall leider nicht mehr aus dem Koma erwacht war.

Als er »Ach, Marianne« seufzte, spürte er, wie seine Lebensgefährtin ihn verwundert ansah, drehte sich zu ihr um, lächelte sie an und sagte: »Genau so habe ich damals an Mariannes Bett gestanden; diese Erinnerung ist gerade in mir hochgestiegen. Als der Arzt mir damals, als ich zur Tür hereinkam, sagte, dass sie eine Minute zuvor gestorben war, glaubte ich, dass in diesem Augenblick auch mein Leben zu Ende ginge. Dass ich Jahre später das große Glück hatte, dir näherzukommen, konnte ich damals nicht ahnen.«

Noch bevor Claudia etwas dazu sagen konnte, ging die Tür zum Krankenzimmer auf, und der Professor trat ein.

»So, jetzt muss ich Sie so langsam bitten, die Rekonvaleszentin in Ruhe schlafen zu lassen. Und wenn Sie in den nächsten Tagen zu Besuch kommen, bitte fallen Sie nicht in Kompaniestärke hier ein. Zudem wäre es gut, wenn Sie den Unfall zumindest vorerst nicht erwähnen. Auch wenn Frau Volkmeier inzwischen auf einem guten Weg ist, war es doch ein paarmal sehr brenzlig. Sie ist im Moment noch immer sehr geschwächt, deshalb müssen auch Sie mithelfen, jede Aufregung von ihr fernzuhalten. Danke und auf Wiedersehen.«

Noch während der Professor mit wehendem Kittel hinausrauschte, wandten sich auch Burkhard und die anderen zum Gehen.

Als Jörgs Schwiegervater sich an der Tür noch einmal zu seiner Tochter umdrehte und leise sagte: »Du schaffst das schon, meine Kleine«, erfasste Jörg eine tiefe Welle der Sympathie für diesen, manchmal recht schroffen und nicht ganz pflegeleichten Mann.

Wieder zu Hause, hielt Jörg es nicht lange aus und telefonierte nach und nach mit allen Freunden, um ihnen die freudige Nachricht zu überbringen. Sie alle, da war er ganz sicher, litten mit ihm. Zuerst kam Manuel Goldbach an die Reihe, sein bester Freund aus frühesten Kindertagen.

Schade, dass ich nicht mit ihm den Online-Schreibwaren-

handel eröffnet habe, dachte er, während er wählte, *dann wären wir bestimmt nicht pleitegegangen.* Aber Manuel war damals in seiner Firma gerade zum Abteilungsleiter ernannt worden und hatte dankend abgelehnt.

So war er auf die im Nachhinein betrachtet absolut hirnrissige Idee gekommen, ausgerechnet Fabian zu fragen. Noch während eine Welle des Ärgers in Jörg hochstieg, meldete sich Manuel.

»Das freut mich aber«, sagte der, als Jörg ihm die gute Nachricht mitteilte. »Da fällt mir ein großer Stein vom Herzen.«

»Und mir erst.«

»Wann treffen wir uns mal wieder auf ein Bier?«

»Ich melde mich, sobald ich morgen aus dem Krankenhaus zurück bin.«

»Alles klar.«

Jörg wollte schon auflegen, da hörte er aus dem Hintergrund eine vertraute Stimme, sie sprach offenbar ihn an: »Hast du Anuschka Frank schon Bescheid gesagt?«

Es war Viviane Kaufmann, eine gute Freundin von Anja.

»Nein, danke … gut, dass du mich daran erinnerst«, sagte er etwas verwirrt. »Wie kommt es, dass du bei Manuel bist?«

Nun meldete sich Manuel wieder zu Wort: »Viviane und ich sind zusammen. Seit zwei Wochen. Aber behalte es vorerst mal für dich. Du kennst doch die anderen. Wenn die auch nur andeutungsweise eine Möglichkeit zu feiern wittern …«

»… wäre ich bestimmt nicht dabei.«

»Eben drum. Verschieben wir das, bis Anja aus dem Krankenhaus kommt.«

»Danke.«

Gut, dass Viviane mich an Anuschka erinnert hat, dachte Jörg, nachdem er aufgelegt hatte. *Ich Esel hab nur die Leute aus meiner Clique angerufen und Anjas beste Freundin glatt vergessen.* Beim Gedanken daran, dass Manuel und Viviane ein Paar waren, musste er schmunzeln. Nun ja, die beiden passten auch wirklich gut zusammen. Fröhlich und unkompliziert, aber auch ernsthaft und zu hundert Prozent loyal.

Kurz darauf hatte er Anuschka, deren Bruder mit ihm in einer Handballmannschaft spielte, auch schon am Apparat. Als sie hörte, dass es Anja schon so viel besser ging, wäre sie am liebsten sofort ins Krankenhaus gefahren, aber Jörg bremste sie etwas.

»Kannst du damit noch zwei, drei Tage warten? Der Chefarzt hat schon gemeckert, als die ganze Familie gleichzeitig auf der Matte stand. Ich werde ihr aber, sobald ich sie sehe, Grüße von dir ausrichten.«

»Ja, mach das.«

»So, jetzt muss ich aber zum Handballtraining. Wir haben am Samstag ein wichtiges Spiel. Es geht schließlich um den Aufstieg in die Profiliga.«

»Stimmt, mein Bruder hat so was angedeutet. Spielt ihr an diesem Wochenende zu Hause oder auswärts?«

»Daheim, zum Glück. Sonst hätten sie auf mich verzichten müssen.«

»Wo bleibst du denn nur schon wieder, Jörg. Du weißt doch, wie sehr wir auf dich angewiesen sind«, herrschte Jochen Holsteiner, der Trainer der ersten Mannschaft des Kelkheimer Handball-Vereins, seinen besten Mann an, als er ihn im Foyer der kleinen Sporthalle abfing.

Er war der einzige hauptberufliche Trainer des kleinen

Sportvereins, der sich vorrangig mit Ballsport beschäftigte. Und seit einiger Zeit fühlte sich seine erste Handballmannschaft zu Höherem berufen. Nicht zuletzt durch die gute Arbeit des Coachs hatten sie in den letzten Jahren einen sensationellen Durchmarsch hingelegt.

»Ich hab's einfach nicht früher geschafft, ich hatte noch einen wichtigen Termin«, sagte Jörg ausweichend, denn Holsteiner brauchte nicht alles zu wissen. Schließlich erfuhr man von ihm auch nichts.

Es war unstrittig, dass der Trainer hier einen hervorragenden Job machte, aber privat? Da war dieser Mann verschlossen wie eine Auster und fast schon abweisend. Jörg fand, dass man über das Sportliche hinaus besser nur das Nötigste mit ihm sprach.

»Dann leg deine Termine das nächste Mal so, dass du pünktlich bist. Du weißt, um was es für uns geht!«, fuhr Holsteiner ihn scharf an. »So, und jetzt ab in die Umkleide, sonst trainieren wir um Mitternacht noch.«

Jörg Volkmeier verkniff sich jeden weiteren Kommentar, ging sich umziehen und dachte nach. Bis jetzt hatten ihm Training und Spiele immer noch so viel Spaß gemacht, dass über seine sportliche Zukunft noch nicht entschieden war. Auch wenn es Anja gar nicht schmeckte, dass er schon jetzt einen Großteil seiner Freizeit in der Halle verbrachte. Sollten sie tatsächlich ins Profilager aufsteigen, würden sie noch öfter trainieren müssen. Dann reichten der Mittwoch als Haupt-Trainingstag und ein Sondertraining vor wichtigen Spielen nicht mehr aus. Schon allein wegen des neuen Jobs würde er allerdings kürzertreten müssen. *Das wird Holsteiner, dem Vorstand und auch einigen Mitspielern gar nicht passen.*

Als er zehn Minuten später das Spielfeld betrat, warteten schon alle ungeduldig auf ihn, und einer der Mannschaftskollegen rief: »Mensch, mach mal ein bisschen, ich will irgendwann auch mal wieder nach Hause.«

Da stieß der Trainer in die Trillerpfeife und schrie: »Los, zum Aufwärmen erst mal fünf Runden, aber Vollgas bitte. Ihr Lahmärsche müsst noch viel schneller werden!«

Danach ließ er sie immer und immer wieder Tempovorstöße üben, und als alle eine halbe Stunde später völlig ausgepumpt waren, rief er sie zu sich und sagte im Kasernenhofton: »Also, Leute, jetzt hört mir mal ganz genau zu. Wir werden das Spiel nur gewinnen können, wenn wir auf volle Konzentration schalten und den Gegner überrennen. Nicht wieder in solche kleinlichen Einzelaktionen verfallen wie beim letzten Mal. Da hatten wir reines Glück, dass wir gegen eine der schwächsten Mannschaften der Liga angetreten sind. Beim nächsten Spiel geht es immerhin gegen den Tabellenzweiten. Wenn wir da nichts an unserer Taktik ändern, werden wir gnadenlos überrannt. Zum Glück haben wir unverhofft etwas mehr Zeit zum Trainieren: Wie euch sicher schon aufgefallen ist, haben wir ein Problem mit der Elektrik. Die Hauptbeleuchtung ist ausgefallen, und diese trüben Funzeln hier sind alles, was der Hausmeister auf die Schnelle organisieren konnte. Es werden einige Spezialteile gebraucht, die kommen am Freitagmittag per Kurier. Am Wochenende rückt hier ein Trupp Elektriker an, damit bis Montag wieder alles geht.«

»Hätten wir nicht in die Halle von …«, fragte Dieter Frank, der Bruder von Anuschka, aber Jochen Holsteiner schnitt ihm das Wort ab: »Auf die Schnelle war keine andere Halle frei. In Absprache mit dem Gegner und dem hessischen Handballverband war es die einfachste Lösung, das Spiel vom Samstag auf den Mittwoch zu verschieben. Deshalb setze ich für Montagabend um neunzehn Uhr noch ein Sondertraining an. Es herrscht Anwesenheitspflicht.«

»Sondertraining, für was? Mehr als versuchen, aufs Tor …«, warf Ingo Waldmüller ein, der am Montagabend seinen dreißigsten Geburtstag feiern wollte. Aber Holsteiner würgte ihn im Ansatz ab, indem er brüllte: »Ihr sollt es nicht versuchen, ihr sollt treffen. Und das aus vollen Rohren, verdammt noch mal. Wann begreift ihr endlich, um was es hier geht?«

»Meinst du nicht, dass es langsam reicht? Mit deinem Drill und deinen Beschimpfungen erreichst du bei den meisten von uns eher das Gegenteil von dem, was du dir erhoffst. Seit wir dabei sind, den dritten Aufstieg in Folge hinzulegen, bist du nicht wiederzuerkennen. Du hast dich so richtig zum …«

»Sei bloß vorsichtig, was du sagst. Du bist nicht unersetzlich. Es gibt genügend andere Spieler im Kader, die zeigen möchten, was sie können.

Als nun auch noch einige Spieler ihrem Trainer zustimmten, sah Jörg Volkmeier sich genötigt einzugreifen. »Wenn du noch lange so weitermachst«, sagte er, »kannst du dir, was mich angeht, in Zukunft jemand Blöderen suchen. Es gibt schließlich Wichtigeres im Leben als Handball.«

»Was soll denn das heißen? Willst du aufhören?«, fragte Jochen Holsteiner stockend, und ein erschrockenes Raunen ging durch die Mannschaft. Ganz deutlich waren die Worte »Was wird dann aus unserem Aufstieg?« zu hören, bevor Jörg sagte: »Das werden wir zu gegebener Zeit sehen.«

7.

Während sich Jörg Volkmeier nach dem harten Training des Vorabends ausschlief, saßen die Detektive am Donnerstagmorgen schon früh im Büro und warteten darauf, dass der Mann von Tasso anrief. Sie brannten darauf, endlich mit seinem Bruder sprechen zu können.

Der Anruf kam um halb elf.

»Wer fährt?«, fragte Peter, und Stefan antwortete: »Ich würd gern, wenn's recht ist.«

»Klar doch, aber ich komme mit. Ich wollte anschließend sowieso noch mal zu Burkhard.«

»Trifft sich gut«, meinte Claus. »Steffi wollte nachher noch mal im Büro vorbeikommen. Dann mache ich heute Telefondienst.« Verena und Annika hatten an dem Tag frei.

Zwei Tassen Kaffee später brachen Peter und Stefan auf. Kurz vor zwölf kamen sie in Schmitten an, und gerade als sie ausstiegen, kam der Wagen des Mannes von Tasso um die Ecke.

Er stieg ebenfalls aus und sagte: »Ich habe meinem Halbbruder so weit gut zugeredet, dass er bereit ist, mit Ihnen zu sprechen. Es war ein schönes Stück Arbeit, und ich hoffe er hat es sich nicht schon wieder anders überlegt.«

Hatte er aber. Sie waren noch nicht bei der Haustür angekommen, als diese weit aufschwang und der Schafzüchter, wie er sich selbst großspurig nannte, heraustrat. Er war ein

Bär von einem Mann und damit das genaue Gegenteil seines Halbbruders. Man konnte, wenn man ihm gegenüberstand, schon allein wegen seiner massigen Statur und des wettergegerbten Gesichts ein mulmiges Gefühl bekommen.

»Was wollt ihr denn hier? Ich hab dir gestern erst gesagt, du brauchst die Leute gar nicht erst hier anschleppen.« Eine Stimme wie ein Donnergrollen, bei der so mancher freiwillig den Rückzug angetreten hätte.

Nicht so die Detektive. Stefan, der, obwohl er in den letzten Jahren ordentlich an Gewicht zugelegt hatte, gegen den Mann immer noch einen schmächtigen Eindruck machte, trat unbeirrt auf ihn zu und sagte: »Wir wollten mit Ihnen über …«

Weiter kam er nicht. Der kräftige Mann trat blitzschnell einen mächtigen Schritt vor und kam dabei Stefans Gesicht so nahe, dass der seinen ungesunden Atem voll abbekam.

»Richten Sie der dummen Kuh aus, dass sie mich am Arsch lecken kann«, sagte der Schafzüchter. »So, und jetzt raus. Volkmar, du haust am besten gleich mit ab, ich will dich zumindest mal eine Weile nicht mehr sehen.«

»Ja, aber …«, sagte Stefan nur, da holte der Mann blitzschnell aus und wollte seinen Worten den nötigen Nachdruck verleihen, hatte aber die Rechnung ohne Peter gemacht, den er bislang völlig ignoriert hatte.

Da dieser günstig stand und sah, dass Stefan dem Schlag kaum würde ausweichen können, ließ er seinerseits blitzschnell seine Faust in der Magengrube des groben Klotzes verschwinden, was diesem augenblicklich die Luft nahm und Peter einen ungläubig staunenden Blick einbrachte.

Als er wieder etwas Luft bekam, sagte er mit schmerzverzerrtem Grinsen: »Guter Schlag, Mann. Mit dir rede ich. Kommt rein.«

Wenige Augenblicke später saßen sie im düsteren Wohnzimmer des Mannes, das genauso unaufgeräumt war wie sein Gesicht und seine Gedanken. Nur kurze Zeit später stand eine riesige Flasche Klarer auf dem Tisch, und noch ehe die Detektive sich's versahen, hatte er jedem von ihnen ein Glas davon aufgenötigt.

»So, was wollten Sie mir jetzt von dieser äh … Frau ausrichten?«

»Es ist ein Mordanschlag auf sie verübt worden«, sagte Stefan.

»Ja, ich hab sie mit dem Auto gerammt. Geb ich zu. Aber gleich von Mordan… Halt mal, da saß doch jemand ganz anderes drin.«

»Das meinen wir auch nicht. Letzten Samstag hat jemand versucht, sie in Kelkheim zu überfahren«, erklärte Peter ihm. »Was für ein Auto fahren Sie?«

»Mein kleiner Suzuki ist seitdem kaputt. Aber ich hab noch einen alten Mercedes.«

»Können wir den mal sehen?«

»Meinetwegen«, brummte der Mann und stand auf, nicht ohne ihnen vorher noch einen Schnaps aufgenötigt zu haben.

Als sie beim Schuppen hintern Haus ankamen, erwartete sie die nächste Enttäuschung. Der alte Mercedes entpuppte sich zwar als Diesel, war aber ein Lieferwagen mit Pritsche, der früher einmal weiß gewesen sein musste. Nun trug er eine vom vielen Rost eher bräunliche Färbung. Auch wies der Wagen mit Ausnahme eines kaputten Rücklichts keine größeren Beschädigungen auf, sodass sie jetzt schon ausschließen konnten, dass es sich dabei um das Tatfahrzeug handelte. Zumal keiner der Tatzeugen ein Fahrzeug gesehen haben wollte, das auch nur im Entferntesten einem Lieferwagen ähnlich sah.

»Wann nochmal soll das gewesen sein? Letzten Samstag?«, hakte der Schafzüchter nach, und ein breites Grinsen legte sich auf sein Gesicht. Die anderen sahen fragend zu ihm.

»Dann bin ich aus dem Schneider«, erklärte er, und man hatte deutlich den Eindruck, dass er selbst darüber am meisten erleichtert war. »Letzten Samstag war der zehnte Todestag meiner Frau, an diesem Tag besaufe ich mich immer. Ich war keine hundert Meter die Straße runter in meiner Stammkneipe und hab mich von sieben Uhr an volllaufen lassen.«

»Kann das jemand bestätigen?«

»Ja, der Wirt. Der kam mit dem Zapfen kaum nach. Ich hab an der Theke gesessen und ein Bier nach dem anderen reingeschüttet. Als er um zwölf Uhr dichtgemacht hat, war auch ich dicht. Er hat zugeschlossen und mich nach Hause geschafft. Allein gehen konnte ich nicht mehr.«

»Okay, dann war's das erst mal«, sagte Peter, und als die Detektive sich am Gartentor von dem Halbbruder des Mannes verabschiedet hatten, meinte Stefan resigniert: »Das war wohl wieder nichts. Lass uns noch kurz bei dem Wirt vorbeifahren, und dann ab nach Hause.«

»Halt mal. Wirt ist okay, aber dann fahren wir noch bei Burkhard vorbei. Erinnere dich, ich wollte dorthin.«

»Warum eigentlich?«

»Weil Burkhard mir bei unserem letzten Telefonat gesagt hat, er wüsste vielleicht noch einen Kandidaten für die Tat.«

»Prima, dass man das auch mal erfährt. Okay, lass uns fahren.«

Eine halbe Stunde später trafen sie bei Burkhard ein. Das kurze Gespräch mit dem Wirt war nahezu genauso verlaufen, wie sie es sich gedacht hatten. Er hatte die Geschichte des Mannes, den er schon seit Schultagen kannte und der vor dem Tod seiner Frau ein umgänglicher Mensch gewesen sein musste, vollumfänglich bestätigt.

»Dann habt ihr also noch immer keine heiße Spur?«, fragte Burkhard enttäuscht, und Stefan antwortete: »Wir haben immerhin deutliche Hinweise, dass wir recht damit hatten, von einem Anschlag auszugehen statt von einem Unfall. Vielleicht kommt, wenn wir den Wirt des griechischen Lokals befragen, ein weiteres Puzzleteil hinzu.«

»Ihr könnt morgen noch einen alten Klienten von mir überprüfen. Er war zu zehn Jahren Haft verurteilt worden, obwohl ich ihm damals Hoffnung gemacht hatte, dass er mit einer Bewährungsstrafe davonkommen könnte. Leider hatte er sich während der Verhandlung vom Staatsanwalt so sehr provozieren lassen, dass er vollkommen ausgerastet ist und in übelster Weise über sein Opfer herzog. So stand plötzlich statt einer einfachen Körperverletzung ohne Vorsatz versuchter Mord im Raum. Er gab mir daran die Schuld und hat damals Rache geschworen. Das Ganze ist aber schon so lange her, ich hatte es vollkommen vergessen.«

»Okay, gib uns Namen und Adresse, wir überprüfen das«, sagte Peter.

»Er heißt René Sarau, und seine letzte Adresse war Alt-Ginnheim, aber da wohnt er nicht mehr. Das habe ich selbst schon festgestellt.«

Kurze Zeit später verabschiedeten sich die Detektive von dem Anwalt und fuhren nach Kelkheim zurück. Noch im Auto rief Peter bei Olli Krause an und bat ihn, sich um den aktuellen Wohnort des Mannes zu kümmern.

Am nächsten Morgen, es war Freitag und der sechste Tag nach dem verheerenden Anschlag, klingelte schon um kurz nach acht das Telefon im Detektivbüro. Claus, als Einziger bereits zur Stelle, nahm den Hörer ab. Olli Krause war am Apparat.

Als er die nur zu gut vertraute Stimme des ehemaligen Hauptkommissars hörte, wollte Olli im ersten Impuls wieder auflegen, erinnerte sich dann aber daran, dass Peter ihn bereits vorgewarnt hatte.

»Ach so, Sie sind ja gar nicht mehr bei der Polizei«, sagte er fast schon erleichtert, und Claus antwortete lachend: »Ich weiß schon lange, dass Sie es sind, der die Taunus-Ermittler so tatkräftig unterstützt. Aber es ist trotzdem besser, wenn ich nicht so genau weiß, wie Sie an Ihre Infos kommen.«

»So halte ich es auch bei Peter und Stefan.«

»Okay, dann schießen Sie mal los. Wo wohnt dieser Mann jetzt?«

»In Frankfurt-Bornheim, in der Berger Straße. Unweit des U-Bahnhofs Bornheim Mitte.«

»Danke«, sagte Claus Mergentheimer, ließ sich die genaue Adresse diktieren und beendete das Gespräch schnell. Nicht nur für Olli Krause war es ein sonderbares Gefühl gewesen, dem Mann, der ihn vor einem Jahr noch von Amts wegen verfolgt hatte, Informationen zu übergeben.

Kurz darauf kamen hintereinander Peter und Stefan ins Büro. Während sie sich an ihren Schreibtischen niederließen, sagte Peter: »Annika kommt nachher zum Telefondienst, es kann nicht mehr lange dauern.«

»Das ist gut. Ich wollte mich noch einmal mit den beiden Jörgs auseinandersetzen.«

»Wie meinst du das?«, fragte Stefan.

»Na, mit Jörg Stuhlbein von der Hofheimer Kripo und mit Jörg Volkmeier, dem Ehemann. Ich wollte zu beiden hinfahren und noch mal mit ihnen reden. Vielleicht ergibt sich doch noch irgendein neuer Gesichtspunkt.«

»Gute Idee«, meinte Peter, und Stefan sagte: »Irgendwie habe ich mich noch nicht daran gewöhnt, dass Jörg Stuhlbein jetzt auf deinem Stuhl in Hofheim sitzt.«

»Ich auch nicht«, stimmte Claus Mergentheimer lachend zu. »Als vorhin euer Olli Krause anrief, hätte ich mich beinahe mit Hauptkommissar Mergentheimer gemeldet, aber der Knabe hat auch ganz schön geschluckt.«

»Wie, Olli hat schon angerufen? Der wird aber auch immer schneller.«

»Ja, hier hab ich euch die Adresse notiert«, sagte Claus und schob einen Zettel über den Schreibtisch. »Jetzt wird mir so langsam klar, warum ihr der Polizei oftmals einen Schritt voraus wart. Mit so einem Helfer im Hintergrund ...«

»Jaja ...« sagte Peter nur, dann verabschiedeten sich die beiden von Claus und fuhren nach Frankfurt.

Claus kam unterdessen zu der Ansicht, dass es vielleicht besser wäre, bei der Hofheimer Kriminalpolizei unangemeldet aufzutauchen. Als Annika eine halbe Stunde später ins Büro kam, instruierte er sie, ihn für die Mittagszeit bei Jörg Volkmeier anzumelden, setzte sich anschließend in seinen Wagen und fuhr nach Hofheim.

Beinahe hätte er sein Auto auf dem Parkplatz abgestellt, der jetzt für Jörg Stuhlbein reserviert war. Er bemerkte seinen Irrtum gerade noch rechtzeitig und wählte einen der Besucherparkplätze. Danach ging er schnell zum Eingangsportal hinüber. Gewohnheitsmäßig winkte er dem Pförtner zu und wollte die Treppe hinaufsteigen, als ihn dessen scharfer Zuruf augenblicklich zum Stehen brachte.

»Halt! Wo wollen Sie denn hin? Ich kontrolliere Ihren Ausweis und melde Sie dann an. So läuft das hier. Entweder holt man Sie hier ab, oder Sie bekommen einen Besucherausweis, falls der betreffende Beamte dazu die Freigabe erteilt. Einfach durchmarschieren, so geht's jedenfalls nicht.«

Erst jetzt bemerkte Claus, dass an der Pforte ein neuer Mann saß, dessen Gesicht er noch nie gesehen hatte.

»Ich bin Haupt… äh, der ehemalige Hauptkommissar Mergentheimer. Ich habe hier bis…«

»Und wenn Sie der Kaiser von China wären. Sie arbeiten nicht hier im Haus, also müssen Sie sich an die Regeln halten und erst einmal ausweisen.«

Genau in dem Moment erschien Kriminalrat Manfred Schuchheim oben an der Treppe, erkannte Claus und kam trotz seiner beachtlichen Leibesfülle mit erstaunlich flinken Schritten die Treppe hinunter. Da sein Ruhestand nun endlich nahte, schien ihn mächtig zu beflügeln.

»Na, Mergentheimer, wollen Sie wieder zu uns zurück? Das hätten Sie sich früher überlegen müssen. Dazu ist es nun zu spät«, sagte sein ehemaliger Vorgesetzter und setzte gleich noch einen drauf: »Das Leben als freier Privatdetektiv schmeckt Ihnen doch nicht so gut, wie? Es fehlt wahrscheinlich der pünktliche Geldeingang an jedem ersten, haha.«

Claus konnte ja verstehen, dass Schuchheim noch immer sauer war, weil er ihm im letzten Jahr den Krempel vor die Füße geworfen hatte, als er seinen Kollegen hätte verhaften müssen[4], aber gleich so was? Deshalb sagte er: »Ach, ich kann wirklich nicht klagen. Ich verdiene jetzt so viel mehr im Monat, dass meine Frau bereits erwägt, mit dem Arbeiten aufzuhören.«

---

4   Vgl. Die Taunus-Ermittler Band 10 – Blutiger Oktober

Das hatte gesessen. Schuchheim fiel die Kinnlade herunter, und Claus nutzte die Gelegenheit zu fragen: »Ist Jörg Stuhlbein im Hause? Ich müsste mal kurz in der Sache mit der Fahrerflucht mit ihm reden.«

»Ja, er ist oben. kommen Sie mit.«

»Ich hab seinen Wagen gar nicht gesehen …«

»Eine verdammt hübsche Asiatin hat ihn heute Morgen gebracht.«

»Das war seine Frau Kim Li. Ach, hat er sie Ihnen noch gar nicht vorgestellt?«

»Es hat sich nicht ergeben«, sagte Schuchheim erstaunlich kurz angebunden.

Waren die beiden am Ende auch schon aneinandergerasselt?

Noch bevor Claus diesen Gedanken vertiefen konnte, sagte Schuchheim: »So, genug geplaudert, kommen Sie.«

Unterdessen waren Stefan und Peter in Frankfurt-Bornheim angekommen und betraten das gepflegte Mehrfamilienhaus. Sie stiegen die blitzblank gebohnerte Steintreppe in den zweiten Stock hinauf und läuteten bei Sarau. Schon nach dem zweiten Mal wurde die Eingangstür geöffnet, und eine gepflegte junge Frau mit einem Säugling auf dem Arm trat ihnen entgegen.

Als sie die Detektive erblickte, stöhnte sie auf: »Hört das denn nie auf?«

»Wie meinen Sie das?«, fragte Peter.

»Na ja, Sie sind doch von der Polizei, oder?«

»Nein, wir sind Privatdetektive. Wir arbeiten für den Rechtsanwalt, Dr. Pfannmöller.«

Kaum hatte Stefan den Namen des Anwalts erwähnt, kam im Flur hinter der Frau ein Mann Mitte vierzig herbei und sagte: »Ich bin René Sarau. Sie arbeiten für Dr. Pfannmöller, sagten Sie?«

»Ja, und wir hätten in diesem Zusammenhang einige Fragen an Sie.«

»Ich kann mir schon denken, worum es geht, ich hätte früher mit Ihnen gerechnet. Kommen Sie doch herein.«

Er ging voraus, bot den Detektiven Platz im Wohnzimmer an und bat seine Frau, Kaffee für alle zu kochen.

Dann sagte er: »Sie kommen doch bestimmt wegen der Drohungen, die ich seinerzeit gegen Dr. Pfannmöller ausgestoßen habe.«

»Ja – im Grunde schon«, sagte Stefan zögernd, da ihm Sarau mit seinem offenen Umgang damit den Wind aus den Segeln genommen hatte. Deshalb sprang Peter ein und berichtete, was sich vor fast einer Woche ereignet hatte.

»Oh, Scheiße«, sagte Sarau und schien ehrlich betroffen. »Ich kann ja verstehen, dass Sie da zuerst mal an mich denken, aber die Mühe hätten Sie sich sparen können. Ich habe heute eine ganz andere Sicht auf die Dinge. Genau genommen bin ich Herrn Dr. Pfannmöller inzwischen für die Schadensbegrenzung dankbar, die er betrieben hat, als ich vor Gericht ausgerastet bin. Das hat mir immer noch einige zusätzliche Jahre erspart. Wenn es nach dem Staatsanwalt gegangen wäre, hätte ich ein Urteil wegen versuchtem Mord bekommen. So wurde es nur versuchter Totschlag. Dass mir die vorangegangenen Beleidigungen durch meinen Kontrahenten so stark strafmildernd angerechnet wurden, ist ausschließlich der Verdienst von Dr. Pfannmöller. Das hat mir meine Bewährungshelferin nach meiner vorzeitigen Entlassung sehr schnell klargemacht. Ich habe sie übrigens geheiratet.«

»Danke für Ihre Offenheit«, sagte Stefan, trank seinen Kaffee aus, und als die beiden Detektive aufstanden, um sich zu verabschieden, fragte Peter Frau Sarau, die schon eine ganze Weile bei ihnen saß: »Was hatten Sie denn damit gemeint, als Sie sagten: Hört das denn nie auf?«

»Ach, immer wenn es in der Gegend eine Kneipenschlägerei gibt, steht die Polizei vor der Tür und kontrolliert das Alibi meines Mannes ...«, begann Frau Sarau, und ihr Mann fuhr fort: »Dabei gehe ich gar nicht mehr in Kneipen. Wenn ich mal weggehe, dann nur mit meiner Frau zusammen und meist nicht weiter als bis zum Asiaten um die Ecke.«

»Nochmal danke«, sagte Peter, »wir werden Sie wohl nicht mehr belästigen.«

»Es war keine Belästigung für mich. Ich weiß, dass ich Herrn Dr. Pfannmöller viel zu verdanken habe. Richten Sie ihm schöne Grüße und gute Besserung für seine Tochter aus. Was da geschehen ist, ist eine riesige Sauerei. Egal was vorgefallen ist, wer so etwas tut ... ach, lassen wir das. Von mir hat er jedenfalls nichts zu befürchten.«

Nach einigen abschließenden Worten verabschiedeten sich Peter und Stefan und gingen zurück zum Auto.

Unterwegs fragte Peter: »Was hältst du davon?«

»Er war's bestimmt nicht.«

»Wieso nicht?«

»Erstens muss er sehr erfolgreich irgendein Anti-Aggressionstraining absolviert haben. Zweitens, hast du das Kind auf ihrem Arm gesehen? Es war, würde ich mal schätzen, so ungefähr sechs bis neun Monate alt. Wenn man also voraussetzt, dass er seiner Bewährungshelferin erst nach seiner Haftzeit nähergekommen ist und nicht gleich am ersten Tag mit ihr in die Kiste gesprungen ist, um ein Kind zu machen, dann hatte er von vornherein gut zwei Jahre

Zeit, sich zu rächen. Warum also erst jetzt? Dazu noch die sichtliche Erschütterung, als er erfuhr, was geschehen ist. Das war nicht gespielt.«

»So ähnlich seh ich das auch. Aber überprüfen müssen wir ihn trotzdem«, stimmte Peter zu und startete den Wagen.

In der Zwischenzeit hatte Claus Mergentheimer mit seinem Freund und früheren Kollegen Jörg Stuhlbein gesprochen, aber auch hier nichts Neues erfahren. Der Unfallwagen war und blieb spurlos verschwunden. Auch hatte die Polizei zu Farbe und Typ keinerlei neue Hinweise erhalten. In keiner Werkstatt im Umkreis von mehr als zwanzig Kilometern war ein in verdächtiger Weise beschädigter Wagen aufgetaucht. Auch sämtliche Schrottplätze in der gesamten Rhein-Main-Region waren inzwischen ohne greifbares Ergebnis durchsucht worden.

Claus hatte lange überlegt, ob er Hauptkommissar Stuhlbein von ihrem Gespräch mit Klaus Dippler erzählen sollte, es dann aber erst einmal unterlassen, da er sich noch immer über Schuchheim ärgerte, als dieser ins Zimmer kam und erneut Anlass zum Ärger bot.

»Hängen Sie und Ihre unfähigen Detektivfreunde eigentlich noch immer dieser idiotischen Verschwörungstheorie nach, wonach es einen weiteren Mann im Hintergrund geben soll, der unerkannt die Strippen zieht?«

»Nein, das hat sich erledigt.«

»Haben Sie sonst noch irgendetwas Sinnvolles beizutragen, oder wollen Sie nur unsere Ermittlungsergebnisse ausspionieren, um dann selbst die Lorbeeren einzuheimsen? Wenn dem so ist, gehen Sie besser und halten meine Leute nicht länger von der Arbeit ab.«

Genau in diesen Moment kamen Hans Heisslitz und Franz Leitner von einem Einsatz zurück, und als sie Claus Mergentheimer sahen, begrüßten sie ihn wie einen lange verschollenen Freund.

Diese Begrüßungszeremonie war entschieden zu viel für Schuchheim. Er machte auf dem Absatz kehrt und verließ den Raum.

Aber auch Claus hatte genug vom Ausflug an seine frühere Wirkungsstätte, und so beschloss er endgültig, seine neuesten Erkenntnisse erst einmal für sich zu behalten. Er verabschiedete sich von Jörg, Franz und Hans, nicht ohne ihnen das Versprechen abzunehmen, sich demnächst einmal privat zu treffen.

Mit dem Satz »In diesem Gebäude werdet ihr mich so schnell nicht mehr sehen« zog er die Tür ins Schloss.

Nur zwanzig Minuten später stand er vor der Wohnungstür im Sendelbacher Weg, wo Jörg Volkmeier schon seit fast zwei Jahren lebte, inzwischen gemeinsam mit Anja. Der junge Mann öffnete ihm umgehend, und Claus Mergentheimer staunte, dass er im Gegensatz zu ihrer letzten Begegnung einen fast schon aufgeräumten Eindruck machte. Genau wie das Wohnzimmer, das er betrat.

»Oh, Ihnen scheint es wieder besser zu gehen«, sagte Claus verblüfft, und Jörg Volkmeier sagte: »Und ob! Wenn nichts dazwischen kommt, kommt Anja Ende nächster Woche aus dem Krankenhaus. Das hat mir der Arzt vorhin eröffnet. Nach nur zwei Wochen! Damit hat vor drei Tagen noch niemand rechnen können.«

»Geht es ihr denn schon wieder so gut?«

»Ja, sie hat verdammtes Glück gehabt und einen sehr guten Arzt. Ein echter Meister seines Fachs. Was man von Ihrer Detektiv-Agentur leider nicht behaupten kann.«

»Wieso …?«, setzte Claus verwundert an, aber der junge Mann ließ ihn gar nicht erst zu Wort kommen.

»Jetzt recherchieren Sie schon fast eine ganze Woche in der Sache, aber irgendetwas Greifbares ist dabei bisher nicht herausgekommen. Ich frage mich langsam, ob Sie nicht einfach nur meinen Schwiegervater abzocken wollen. Der hält so große Stücke auf Sie, dass er vermutlich jeden Preis bezahlen würde.«

Der junge Mann hatte sich flugs so sehr in Rage geredet, dass Claus sich fragte, ob es im Moment überhaupt sinnvoll war, mit ihm den Fall noch einmal durchzugehen. Offensichtlich war er innerlich immer noch so aufgewühlt, dass er kaum einen klaren Gedanken fassen konnte.

Deshalb nahm Claus ihm seinen Ausbruch nicht weiter übel und versuchte es trotzdem noch einmal: »Eigentlich wollte ich mit Ihnen den Fall noch einmal Punkt für Punkt durchgehen, um zu sehen, ob wir irgendwo einen Ansatzpunkt finden können, um …«

»Reden, reden, immer nur reden. Tun Sie endlich was! Es ist schon schlimm genug, dass diese unfähige Hofheimer Polizei immer noch von einem Unfall mit Fahrerflucht ausgeht, was in meinen Augen der reinste Unfug ist. Aber was will man von einem Haufen überbezahlter Beamter…«

»Na, na, tun Sie hier den Leuten von der Kripo nicht vielleicht doch unrecht?«

»Bestimmt nicht … ach, stimmt ja, Sie waren bis vor Kurzem auch noch bei diesem Haufen. Kein Wunder, dass Sie die in Schutz nehmen. So, jetzt habe ich aber keine Zeit mehr. Ich muss in die Klinik zu meiner Frau. Wenn ich Sie bitten darf zu gehen …«

Claus Mergentheimer sah endgültig ein, dass es im Augenblick nicht möglich war, mit Jörg Volkmeier vernünftig zu reden. Diese ganze zur Schau getragene Gefasstheit war nichts weiter als Fassade. Wahrscheinlich hatte er eine Heidenangst davor, dass noch irgendetwas Unvorhergesehenes passieren könnte.

Genau dieser Gedanke war es auch, der Claus nicht mehr losließ. Wenn es wirklich ein Anschlag auf Anjas Leben war, dachte er, während er zum Wagen zurückging, und ein unbekannter Dritter sich Fabian Junker als Werkzeug bedient hatte, dann war die Gefahr noch nicht vorüber. Es konnte jederzeit wieder etwas passieren. Erst recht, wenn nach außen drang, dass es Anja schon wieder recht gut ging.

Nachdem Claus seine Bedenken den Kollegen bei ihrer abendlichen Besprechung vorgetragen hatte, sagte Peter: »Verdammt, Claus, du hast recht. Gut, dass du unser Team verstärkst. Stefan, diesen Fehler müssen wir uns zuschreiben, dass wir das außer Acht gelassen haben. Claus, rufe bitte nachher Jörg Stuhlbein privat an und versuche herauszubekommen, was dazu pressemäßig bei der Polizei in Hofheim rausgegangen ist. Ich setze Olli darauf an, er soll sämtliche Pressearchive nach eventuellen Meldungen zu Anjas Zustand durchforsten, auf die Schnelle ist er da bestimmt gründlicher als wir. Dass die Ärzte Fremden gegenüber etwas ausplaudern, halte ich für ausgeschlossen, sodass aus dieser Ecke nichts nach außen dringt.«

»Aber auch Jörg Volkmeier wird wohl kaum einem Fremden auf die Nase binden, wie gut es seiner Frau inzwischen wieder geht«, sagte Stefan.

»Ihren Freundinnen vielleicht?«

»Das wäre möglich. Ich rufe ihn nachher an, oder spätestens morgen früh, und frage ihn, ob und wenn, dann mit wem er darüber gesprochen hat. Selbst wenn wir davon ausgehen, dass dieser Unbekannte einen weiteren Anschlag begehen würde, glaube ich, dass die Gefahr im Moment noch sehr gering ist. Dennoch müssen wir uns bis spätestens Montag etwas überlegen, wie wir das Leben von Anja Pfann... äh, Volkmeier weiter schützen können. Denn dass wir den Täter in den nächsten Tagen stellen, ist wohl nicht zu erwarten. Zumal wir nicht einmal ungefähr wissen, von welcher Seite her die Gefahr droht.«

»Stimmt leider«, sagte Peter und fuhr fort: »Unsere Telefonate können wir auch von zu Hause aus führen. Machen wir für den Moment Feierabend, es ist schon wieder sieben Uhr durch. Morgen Vormittag treffen wir uns hier um halb zehn zu einer kurzen Lagebesprechung, dann gehen wir nach Hause und machen uns ausgehfein. Um siebzehn Uhr dreißig treffen wir uns dann beim Griechen. Auf die Aussage des Wirtes bin ich ganz besonders gespannt. Vielleicht sind wir danach schlauer.«

8.

Nachdem die Besprechung am Morgen mit der Gewissheit endete, dass noch nichts über Anjas Zustand in der Presse gestanden hatte und auch die regelmäßige Pressekonferenz der Hofheimer Kripo erst für den Dienstag angesetzt war, beruhigten sich die Gemüter bei den Taunus-Ermittlern erst einmal.

Nur dass Stefan Jörg Volkmeier weder am Abend noch am nächsten Morgen erreicht hatte, passte nicht ins Bild. Der junge Mann schien sein Handy ausgeschaltet zu haben, und Stefan sah sich gezwungen, ihm hinterherzutelefonieren. Die anderen unterstützten ihn dabei, doch wo sie auch anriefen, keiner wusste, wo er war oder was er vorhatte.

Erst Burkhard Pfannmöller brachte etwas Licht ins Dunkel, denn als Peter mit ihm telefonierte, sagte der Anwalt: »Jörg war gestern Abend noch einmal bei mir. Er hat mir erzählt, dass er überraschenderweise am Wochenende frei hat, weil ein wichtiges Handballspiel seiner Mannschaft auf Mittwoch verschoben wurde. Er hat mich gebeten, in den nächsten zwei Tagen öfter nach Anja zu sehen, da er zu seinen Großeltern fahren wollte. Die wohnen irgendwo weit draußen im Feld in der Nähe von Eschwege auf einem alten Bauernhof. Er war vor einem Vierteljahr mit Anja mal dort, und die alten Leutchen haben meine Tochter gleich ins Herz geschlossen.

»Da kann man ihn sicher erreichen. Gib mir mal Namen und Telefonnummer der Leute.«

»Ich weiß nur, dass sie Hans und Anna heißen. Eine Telefonnummer habe ich leider auch nicht. Wenn ich heute Nachmittag bei Anja im Krankenhaus bin, frage ich sie, ob sie die Nummer oder den genauen Namen weiß. Jörgs Handy ist mal wieder aus. Wahrscheinlich hat er vergessen, es zu laden.«

»Okay, wenn du mehr weißt, frag ihn, ob er mit irgendjemandem über den Gesundheitszustand seiner Frau gesprochen hat.«

Burkhard Pfannmöller war einverstanden, zu Peters Erleichterung ohne nachzufragen, wozu er das wissen wollte. Wahrscheinlich konnte sich der gewitzte Anwalt aber auch so denken, in welche Richtung die Gedanken der Detektive gingen.

»Wollen wir gleich mit ihm reden?«, fragte Stefan. Der Wirt des griechischen Lokals in der Frankfurter Straße war gerade aus der Küche gekommen, um die Familien Stettner, Weimershaus und Mergentheimer zu begrüßen, die soeben sein Lokal betreten hatten. Da es am Nachmittag in Strömen zu regnen begonnen hatte, saßen alle Gäste drinnen, und der Biergarten war leer.

»Im Moment ist es vielleicht ungünstig«, meinte Claus. »Das Lokal fängt sich gerade zu füllen an. Vielleicht sollten wir bis gegen neun Uhr warten, wenn die meisten Gäste wieder weg sind. Dann ist er wahrscheinlich gesprächiger, als wenn wir ihn jetzt damit überfallen.«

»Stimmt«, pflichtete Peter ihm bei, setzte sich an den für sie reservierten Tisch und tauchte sofort in die Gespräche der Lokalgäste an den umliegenden Tischen ab, die er dank seines phänomenalen Gehörs problemlos verfolgen konnte.

Als kurz darauf eine der Kellnerinnen vorbeikam und fragte: »Was darf ich Ihnen zu trinken bringen?«, brauchte es drei Anläufe, um ihn von den anderen Tischen zurückzuholen.

Annika, die immer sehr darauf bedacht war, dass Sven nicht allzu viel von Peters Beruf mitbekam, war zuerst gar nicht begeistert davon gewesen, dass dieser gemütliche Abend auch einen Arbeitsaspekt haben sollte, und Claus' Frau Stefanie samt Tochter Carola wussten bislang gar nichts davon, dass im Laufe des Abends der Wirt befragt werden sollte.

Erst als Peter sagte: »Wir leben in einer verdammt schnelllebigen Zeit. Keiner spricht mehr von dem Anschlag, obwohl es gerade erst eine Woche her ist«, begann sie zu ahnen, dass es einen tieferen Grund für diesen gemütlichen Abend gab.

»Nicht böse sein«, sprang Verena den Detektiven bei, »aber wir kennen Burkhard und auch seine Töchter schon so lange, dass wir einfach alles tun müssen, um diese Sache aufzuklären.«

Selbst Annika, die unter anderen Umständen stinksauer gewesen wäre, meinte: »Es sind ja nur wenige Minuten. Anschließend gehört der Abend ganz uns.«

Aber dass es gerade Sven war, der den Detektiven Hilfestellung leistete, stimmte auch sie nicht gerade begeistert. Denn der hatte beobachtet, wie der Wirt nach draußen gegangen war, um zu rauchen, und so sagte er: »Auf, raus mit euch, jetzt erwischt ihr ihn allein ... 'ne bessere Gelegenheit kommt so schnell nicht.«

Peter sah seinen Stiefsohn bewundernd an, gab den anderen ein Zeichen, und wenige Augenblicke später standen sie schon beim Wirt, der Schutz unter einem der Sonnenschirme gesucht hatte.

Nachdem sie ihr Anliegen vorgetragen hatten, fragte der Wirt misstrauisch: »Sind Sie von der Polizei?«

»Nein, wir sind Privatdetektive, und Sie müssten uns auch kennen, wir essen schließlich öfter hier«, sagte Peter, und Claus fügte hinzu: »Ich war bis vor Kurzem bei der Kripo in Hofheim.«

»Dann sehe ich keine Veranlassung, mit Ihnen zu reden.«

»Wir arbeiten für den Vater der jungen Frau, die bei dem Anschlag, und ein solcher war es, davon sind wir überzeugt, schwer verletzt wurde. Er will wissen, wer das seinem Kind angetan hat. Das verstehen Sie doch – oder?«

»Ja – aber ich weiß eben auch, dass es nicht ganz richtig war von mir, noch bevor die Polizei da war, nach Griechenland zu fliegen. Aber was sollte ich machen? Ich musste die Termine mit den Winzern wahrnehmen, sonst hätten andere die besten Weine bekommen, und ich hätte wieder nur …«

»Das interessiert uns nicht. Für uns ist nur interessant, ob und was Sie beobachtet haben.«

»Leider gar nichts«, sagte er zuerst, dachte dann aber ein paar Sekunden lang intensiv nach und sagte anschließend: »Doch, wenn ich es mir recht überlege, kann ich etwas dazu sagen. Der Wagen war rot, aber zu Marke und Typ fällt mir nichts ein.«

»Können Sie wenigstens sagen, welche Art Wagen es war?«, fragte Claus. »Coupé, Limousine, Kombi?«

»Nein, doch, halt. Ich bin mir ziemlich sicher, dass es eine Limousine war, ich hab ja nur die obere Hälfte gesehen, und die war gerade und ziemlich kurz. Außerdem, ah, da fällt mir noch was ein, am Steuer saß eine Frau.«

»Sind Sie sicher?«, fragte Stefan, nicht minder erstaunt wie die anderen beiden.

»Ganz sicher. Sie hatte lange Haare.«

Nachdem die Detektive sich bei dem Wirt für seine Offenheit bedankt hatten, gingen sie wieder zu ihren Familien zurück, und obwohl sie sich darum bemühten, das Thema zu vermeiden, beherrschte der Fall den ganzen Abend lang die Runde. Die Aussage des Wirtes stellte alle ihre Theorien auf den Kopf. So sehr sie sich auch darüber freuten, endlich etwas mehr über den Unfallwagen erfahren zu haben: Dass eine Frau am Steuer gesessen haben sollte, passte so gar nicht zu ihren Überlegungen.

»Das bedeutet, wir werden morgen eine Lagebesprechung brauchen«, sagte Stefan, als sie zwei Stunden später den dennoch schönen Abend beendeten. »Ich schlage vor, wir treffen uns nach dem Mittagessen um vierzehn Uhr dreißig im Büro.«

Während die anderen zustimmten, protestierte Stefanie Mergentheimer: »Als du, was ich damals schon nicht verstanden habe, den Beamtenstatus aufgegeben hast, hast du gesagt, dafür gibt es in Zukunft auch keine idiotischen Dienstzeiten mehr. So hast du mich besänftigt. Geht das jetzt unter anderen Vorzeichen denn schon wieder los, dass unser Eheleben auf der Strecke bleibt?«

Am nächsten Nachmittag pünktlich um halb drei trafen Peter, Stefan, Verena und Annika im Detektivbüro ein. Nur wenige Minuten später kam Claus und setzte sich zu ihnen in die Runde.

»Hat deine Frau dich doch noch gehen lassen?«, fragte Peter süffisant, und Claus antwortete grinsend: »Sie hat selbst heute Mittag einen Anruf bekommen, ihre Schulfreundin Ursula braucht dringend ihren Zuspruch. Ursulas Mann ist gestern Abend aus heiterem Himmel ausgezogen. Die

Arme ist am Boden zerstört. Steffi trifft sich mit ihr in zehn Minuten in einem Café in der Hofheimer Altstadt, um sie wieder aufzubauen. So viel zum Familiensonntag.«

»Na wunderbar, dann nimm dir einen Kaffee und hilf uns, darüber nachzudenken, wo bei unserem Fall eine langhaarige Frau ins Spiel kommen könnte.«

»Gar nicht«, sagte Claus zur Verwunderung aller, »der Aufbau der Sache passt meiner Erfahrung nach so gar nicht zu einer Frau.«

»Seh ich auch so«, gab Stefan ihm recht, »aber unter all unseren Tatverdächtigen gibt es niemanden, der so langhaarig ist, dass er bei ungünstigen Lichtverhältnissen als Frau durchgehen könnte.«

»Mit Perücke vielleicht?«, fragte Verena.

»Das wäre eine Option«, meinte Peter nachdenklich, und so diskutierten sie noch eine Weile weiter, ohne zu einem greifbaren Ergebnis zu kommen.

»Es hilft nichts, wir müssen noch einmal ganz von vorn anfangen«, sagte Stefan.

»Na, prima«, sagte Peter trocken, »und wie würdet ihr vorgehen? Macht mal ein paar Vorschläge, aber bitte gescheite.«

»Du hast leicht reden«, meinte Stefan. »Aber Spaß beiseite, wir müssen wohl die Alibis aller auch nur im Entferntesten von dem Anschlag tangierten Personen überprüfen. Also auch von den Leuten, die wir bislang als unverdächtig aussortiert haben – Männer wie Frauen. Irgendwo muss es einen – oder eine geben, der oder die lügt, wenn er oder sie sagt, wo er oder sie an diesem Samstagabend war. Außerdem müssen wir überprüfen, zu welchen Fahrzeugen diese Personen auch im weiteren Umfeld Zugang haben. Hierzu haben wir dank dem Wirt neue Erkenntnisse, da ergibt sich vielleicht ein neuer Ansatz. Ich vermute, dass der- oder diejenige nicht den eigenen Wagen benutzt hat, sonst …«

Mitten im Satz wurde Stefan vom Läuten von Claus' Handy unterbrochen, und nachdem Claus eine Minute lang zugehört hatte, schaltete er den Lautsprecher ein.

Sofort war die aufgeregt klingende Stimme seiner Frau zu hören: »… ist mir auf dem Parkplatz am Kellereiplatz jemand ins Auto gefahren. Ich hätte es beinahe nicht bemerkt, weil der Kratzer am Kotflügel ebenfalls rot ist, wie bei meinem kleinen Flitzer.«

»Reg dich nicht auf, ruf meine ehemaligen Kollegen an, die sollen sich das ansehen, ich komme ebenfalls.«

Zu seinen neuen Kollegen sagte er: »Ein bisschen viel rote Autos in letzter Zeit, wenn ihr mich fragt. Ich hege da einen ganz anderen Verdacht.«

»Und der wäre?«, fragte Peter. »Glaubst du am Ende vielleicht, dass der Täter die ganze Zeit unter den Augen der Polizei mit dem Unfallwagen herumfährt? Du scheinst ja keine allzu hohe Meinung von deinen ehemaligen Kollegen zu haben.«

»Nein, meine Gedanken stehen zwar in diesem Zusammenhang, gehen aber in eine ganz andere Richtung. Kommt mit nach Hofheim, falls sich meine Vermutung bestätigen sollte, erzähle ich euch, was ich denke.«

»Mensch, machst du es spannend.«

Als Claus, Stefan und Peter in Hofheim am Parkplatz auf dem Kellereiplatz ankamen, war der Wagen von Claus' Frau weiträumig abgesperrt und die Spurensicherung am Werk.

»'n bisschen viel Aufwand für so einen kleinen Kratzer«, murmelte Peter gerade, da kam ihnen Jörg Stuhlbein entgegen und sagte: »Hallo, Claus, deine Frau hat uns angerufen. Schuchheim hat uns keine Ruhe gelassen. Wenn er im Moment das Wort Fahrerflucht hört, ist er sofort auf hundertachtzig. Er sagt dann immer: Lieber machen wir zu viel als zu wenig. Aber das hier hätten wir uns wirklich sparen können. Der Kratzer am Wagen deiner Frau ist schon mehrere Tage alt, vielleicht eine Woche, das sieht man auch ohne Spezialausrüstung.« Erst jetzt schien er Stefan und Peter zu bemerken und begrüßte sie: »Hallo, wie kommt ihr denn hier her? Was interessiert euch denn an dieser Sache?«

»Die Farbe Rot«, antwortete Stefan und erzählte ihm, was sie am Vorabend vom Wirt des griechischen Lokals erfahren hatten. Was ihnen wenige Tage zuvor Klaus Dippler berichtet hatte, verschwieg er.

»Ach, der ist auch wieder da? Na, dem werd ich was erzählen, sich klammheimlich aus dem Staub zu machen. – Für uns ist hier nichts mehr zu tun, wir rauschen ab. Die Lackreste geben wir nach Wiesbaden ins Labor, vielleicht erfahren wir so etwas über Marke und Typ des anderen Wagens, auch wenn es vermutlich nichts mit der Sache vom … nein, das wäre wohl zu abwegig.«

Wenige Augenblicke später waren Jörg Stuhlbein und die Leute von der Spurensicherung wieder abgezogen, und Claus fragte seine Frau: »Na, hast du die Mission bei deiner Schulfreundin beendet?«

»Erst mal ja. Aber das wird noch ein hartes Stück Arbeit, sie davon zu überzeugen, dass sie ohne den Scheißkerl besser dran ist. – Aber nur um das zu fragen, seid ihr doch nicht zu dritt hier aufgeschlagen, oder?«

»Da liegst du richtig«, bestätigte ihr Mann und fragte: »Kann es sein, dass die Schramme schon länger am Kotflügel deines Wagens ist, du sie nur noch nicht bemerkt hattest?«

»Durchaus. Ich hab das Auto in der letzten Woche nur zweimal benutzt, und jedes Mal hatte ich es eilig. Da sieht man nicht so genau hin.«

»Darauf wollte ich hinaus. Außerdem steht der Wagen nachts öfter auf der Straße als in der Garage. Ich möchte nur zu gern wissen, wozu wir eine Doppelgarage gebaut haben.«

»Du hast schon recht«, sagte Steffi schuldbewusst, um dann triumphierend hinzuzufügen: »Aber du bist auch nicht besser. Wenn du spät abends heimkommst …«

Damit hatte sie Claus einen Moment lang aus dem Konzept gebracht, doch dann sagte er: »Aber am letzten Samstag, um den es geht, stand dein Auto draußen. Wenn das jetzt noch Lacksplitter von einem Mercedes sind …«

»… ist es wahrscheinlich, dass der Unfallfahrer nervös, der Wagen defekt oder es vielleicht auch beides war. Falls der Mann – oder die Frau – schnell nach Hause wollte, ist davon auszugehen, dass er oder sie irgendwo dort oben wohnt«, ergänzte Stefan.

»Gut, aber zu kurz gedacht«, widersprach Peter, »vorausgesetzt, der Zusammenstoß mit Steffis Wagen geschah wirklich in der Samstagnacht, und es wäre tatsächlich unser gesuchter Unfallfahrer gewesen, dann war er mit einem mehr oder weniger stark beschädigten, also ziemlich auffälligen Wagen unterwegs. Das bedeutet aber nicht zwangsläufig, dass er schon fast zu Hause war, nur weil er in einem reinen Wohngebiet ohne Durchgangscharakter herumfuhr. Er könnte auch einfach nur alle Hauptstraßen gemieden haben, um nicht zu guter Letzt doch noch einer Polizeistreife aufzufallen.«

»Gut möglich«, gab Claus Peter recht, »trotzdem sollten wir alle unsere Verdächtigen dahingehend überprüfen, ob sie in irgendeinem Bezug zum Wohngebiet *Am Steinberg* oder den umliegenden Straßen stehen.«

»Auf jeden Fall, mehr haben wir ja noch immer nicht«, sagte Stefan, dann verabschiedeten sich er und Peter von Claus und fuhren nach Kelkheim zurück.

Am Montagmorgen, es war noch nicht ganz zehn Uhr, standen Anjas Schwestern Beate und Karin auf dem Hauptkorridor des Bad Sodener Krankenhauses, und Beate sagte: »Die Gänge hier verwirren mich jedes Mal. Weißt du noch, auf welcher Station Anja liegt?«

»Klar doch, wir stehen direkt vor der Tür von Station 232.«

»Worauf warten wir dann noch?«

»Wieso wir? Ich warte auf dich«, sagte Karin zu ihrer jüngeren Schwester, die manchmal ein bisschen chaotisch war.

Dann drückte sie den Türöffner, und die beiden Flügeltüren schwangen weit auf. Die Frauen gingen in Richtung des Schwesternzimmers. Als sie fast dort waren, kam eine Krankenschwester heraus.

»Entschuldigen Sie, können Sie uns sagen, wo Anja Volkmeier liegt?«

»Klar, Zimmer elf«, sagte die junge Frau kurz und widmete sich wieder ihrem Tablettenwagen, denn sie war gerade dabei, die Medikamente für den Tag zu verteilen.

Bevor sie das Zimmer betraten, sagte Karin zu ihrer Schwester: »Anja hat verdammtes Glück gehabt. Es ist gerade erst der neunte Tag seit dieser schrecklichen Tat, und es geht ihr schon wieder so gut. Sag aber drinnen trotzdem nichts in dieser Richtung, das könnte sie zu sehr aufregen. Ich will einfach nicht, dass sie länger als nötig hierbleiben muss.«

»Hältst du mich für blöde?«, fragte Beate eingeschnappt, denn nicht zum ersten Mal hatte sie den Eindruck, dass Karin, die die klügste der drei Schwestern war, sie und Anja ein bisschen von oben herab behandelte.

»Quatsch, aber ich sag's halt mal.«

Dann betraten sie das Zimmer und fanden Anja wach, aber noch immer ziemlich schwach vor. Die junge Frau lächelte ihre Schwestern erfreut an und versuchte sich aufzurichten, was aber mit dem Gipsarm, den ihr dieser Anschlag auch beschert hatte, nicht recht gelang.

Sie unterhielten sich eine ganze Weile über Belangloses, dann sagte Anja: »Hoffentlich kann ich bald nach Hause. Hier drinnen langweile ich mich noch zu Tode. Ausruhen kann ich mich auch dort.«

»Ach, hat dir denn Jörg oder der Arzt noch gar nichts gesagt? Bei uns hat dein Mann so getan, als ob es schon so gut wie amtlich wäre, dass du am kommenden Freitag entlassen wirst.«

»So? Na ja, wenigstens etwas. Aber heute Morgen bei der Visite hat der Chefarzt nichts davon erwähnt. Wie geht es Jörg?«

»Der ist völlig durch den Wind. Aber er freut sich unheimlich, dass es dir wieder besser geht. Er hat Sehnsucht nach dir.«

»Ich auch nach ihm. Schließlich haben wir noch unsere Hochzeitsnacht nachzuholen, und wir hatten uns viel vorgenommen«, sagte Anja grinsend, aber man merkte ihr bereits an, dass das Gespräch sie anzustrengen begann.

Deshalb verabschiedeten sich die Schwestern schnell und verließen das Krankenzimmer.

Als sie auf den Stationsflur hinaustraten, stand auf der anderen Seite des Ganges ein Mann, der ihnen den Rücken zukehrte. Aber die Schwestern hätten vermutlich auch dann keine Notiz von ihm genommen, wenn er ihnen sein Gesicht zugewandt hätte. Sie hatten es schließlich nicht einmal bemerkt, dass er außergewöhnlich interessiert in den Raum hineingeschaut hatte, als sie das Zimmer verließen.

In aller Ruhe verließ auch der Mann die Station, und als er sicher war, dass die beiden Frauen schon nach unten gefahren waren, ließ er sich für einen Moment in der Sitzgruppe auf dem Hauptflur nieder.

Sein Gesichtsausdruck war ernst, als er dachte: *Es stimmt also, sie ist auf dem Weg der Besserung.* Das musste sich unbedingt ändern, wenn nicht alles umsonst gewesen sein sollte.

Ihm war klar, dass ein weiterer Anschlag äußerst riskant war, aber er hatte bereits A gesagt, also musste er auch B sagen. Darüber nachzudenken, ob nicht alles eine Schnapsidee gewesen war, dafür war es ohnehin zu spät. Es hatte bei dem Anschlag einen Toten und eine Schwerverletzte gegeben, und zumindest das bliebe, sollte alles ans Tageslicht kommen, vermutlich auch an ihm hängen. So weit durfte es nicht kommen, dann wäre alles Risiko umsonst gewesen. Auch wenn die Bullen die Sache im Knast mit Fabian wohl nicht bis zu ihm zurückverfolgen konnten, musste er vorsichtig sein. Er würde sich in Zukunft nur noch im Hintergrund halten und selbst gar nicht mehr in Erscheinung treten.

Deshalb ging er auch erst zehn Minuten, nachdem die Frauen die Station verlassen hatten, zum Aufzug und fuhr ins Erdgeschoss hinunter. Zur Sicherheit wartete er noch eine Weile in der Cafeteria, ohne etwas zu verzehren, bezahlte dann seinen Parkschein und ging ins Parkhaus hinüber. Erst jetzt, da er ganz sicher war, dass er den Frauen dort nicht mehr begegnen würde, traute er sich dorthin. Zu viel war bereits schiefgegangen. Er hatte schon oben, während er vor dem Krankenzimmer gewartet hatte, befürchtet, dass sie Notiz von ihm nehmen würden, aber alles hatte geklappt wie am Schnürchen. Er hatte erfahren, was er wissen wollte, ohne auch nur mit einem Menschen in der Klinik gesprochen zu haben. Warum sollte er das jetzt, da sein Plan vor seinem geistigen Auge langsam Gestalt annahm, leichtfertig gefährden?

Während er vom Klinikgelände fuhr, ging er in Gedanken seine nächsten Schritte durch. Wie gut, dass er beim ersten Anschlag einen willigen und etwas einfältigen Helfer gehabt hatte, der zudem nichts mehr sagen konnte. Dass er selbst dabei die Finger im Spiel gehabt haben könnte, war allen verborgen geblieben. Selbst diesen völlig überschätzten Taunus-Ermittlern, die, wie in der Presse zu lesen war, in diesem Fall der Fahrerflucht mitmischten. Die Loblieder, die allenthalben auf sie gesungen wurden, waren also nichts weiter als heiße Luft.

Bei seinem nächsten Schritt würde er sich erneut eines naiven und zugleich völlig skrupellosen jungen Mannes bedienen, und wie er ihn ködern würde, dafür hatte er schon vor längerer Zeit in einem ganz anderen Zusammenhang den Grundstein gelegt. Das Beste an seinem Plan war aber, dass sich für die Polizei alles ganz anders darstellen würde, als es war. Auf ihn käme, wenn alles glattging, niemand. Und falls man seinen Helfer dennoch erwischte, würde niemand die unausgegorenen und verworrenen Hirngespinste eines überdrehten, größenwahnsinnigen jungen Mannes glauben. Wenn alles nach Plan lief, hatte Anja Volkmeier schon morgen oder allerspätestens übermorgen ganz, ganz schlechte Karten.

Noch während er auf Sulzbach zufuhr, wählte er auf seinem Prepaidhandy, das er nur zu diesem einen Zweck erstanden hatte, die Nummer des jungen Mannes und lauschte dem Freizeichen.

Als kurz darauf abgenommen wurde, fiel er gleich mit der Tür ins Haus und sagte: »Hallo, erinnerst du dich noch an unsere Abmachung?«

Die Detektive versuchten unterdessen, einen besseren Schutz für Anja Volkmeiers Leben zu organisieren. Bei der Polizei ging man nach wie vor davon aus, dass der wahre Täter bereits hinter Schloss und Riegel saß beziehungsweise im Krankenhaus um sein eigenes Leben kämpfte. So war Claus Mergentheimer mit seinem Anliegen, den Schutz von Anja Volkmeier zu verbessern, auf taube Ohren gestoßen. Jörg Stuhlbein wäre bereit gewesen, seinem Freund und ehemaligen Kollegen wenigstens ein Stück weit entgegenzukommen, aber Manfred Schuchheim hatte bei dem Gespräch mitgehört und sich gleich eingemischt.

»Polizeischutz für Anja Volkmeier? Das kommt gar nicht infrage. Nicht nur, dass wir kaum wissen, wo wir unser Personal für die regulären Aufgaben hernehmen sollen, nein, Sie wollen partout nicht einsehen, dass Sie auf dem Holzweg sind. Wir haben es hier mit einem Einzeltäter zu tun, der sich den Umstand einer Trunkenheitsfahrt mit anschließender Unfallflucht zunutze gemacht hat. Ihr Ausstieg bei uns ist Ihnen kein bisschen bekommen! Sie entwickeln inzwischen schon genauso abstruse, verwinkelte Gedankengänge wie Ihre Detektiv-Freunde.«

Damit war das Gespräch ziemlich abrupt beendet gewesen.

»Ob Schuchheim wirklich so verbohrt ist oder mir nur eins auswischen will, weil ich seine Pläne durchkreuzt habe?«, fragte Claus, und Peter antwortete: »Ich weiß es nicht. Aber wir müssen irgendwie eine Bewachung für Anja auf die Beine stellen, ohne gleich alle Pferde scheu zu machen. Jörg Volkmeier lassen wir, wenn es sich bewerkstelligen lässt, da am besten ganz raus.«

»Genau«, stimmte Stefan sofort zu, »aber mit Burkhard sollten wir dafür umso schneller reden.«

Gesagt, getan, nur wenige Augenblicke später hatte Stefan den Anwalt am Telefon. Den Geräuschen nach zu urteilen, wurde er per Rufumleitung mit ihm verbunden, und Dr. Pfannmöller war gerade mit dem Auto unterwegs.

Stefan und Peter erklärten ihm abwechselnd, welche Befürchtung sie hegten, und als er verstanden hatte, sagte er: »Ich bin gerade auf dem Weg zu einem Mandanten, irgendwann muss ich ja auch mal meine Brötchen verdienen. Auch wenn ich glaube, dass ihr da ein bisschen übertreibt, Vorsicht ist die Mutter der Porzellankiste. Heute Morgen sind Beate und Karin bei Anja, und ich wollte heute Nachmittag um drei nach meinem Termin bei ihr reinschauen. Ich werde gleich Claudia anrufen, damit sie sich ins Auto setzt und zu ihr fährt. Dann haben wir den größten Teil des Tages abgedeckt. Jörg will sie auch noch besuchen, er wusste nur noch nicht wann. Außerdem liegt noch eine junge Frau bei ihr im Zimmer, da wird es ohnehin schwierig, unerkannt hinein- und auch wieder hinauszukommen. Vielleicht sollten wir die Bettnachbarin einweihen, damit sie, falls unbekannter Besuch kommt, nach der Schwester klingelt.«

»Gute Idee, machst du das?«

»Ja, mach ich.«

Damit war das Gespräch beendet. Nun gingen die drei

Detektive daran, die Alibis ihrer Verdächtigen noch einmal zu prüfen, und Olli bekam den Auftrag, festzustellen, wer von ihnen irgendwelche Beziehungen zum Wohngebiet *Am Steinberg* hatte.

Später rief Claus noch einmal den Mann vom Polizeilabor in Wiesbaden an und fragte ihn, ob die Analyse der Lackreste schon etwas ergeben habe.

»Sind gerade reingekommen, aber dir verrate ich sie nicht«, sagte der Kriminaltechniker, »denn du bist nicht mehr bei unserem Haufen.«

Claus bot all seine Überredungskünste auf, um den Mann doch noch umzustimmen, und als er schon fast nicht mehr daran glaubte, sagte dieser: »Na gut, Claus, weil du es bist. Der alten Freundschaft und der früheren guten Zusammenarbeit wegen. Außerdem ist sowieso nicht viel dabei herausgekommen.«

»Wieso?«

»Weil die rote Lackfarbe keiner Automarke und schon gar keinem Autotyp zugeordnet werden kann. Es ist eine Farbe, die irgendwann einmal individuell gemischt wurde, um den Wagen damit nachzulackieren. Sie hat bei keinem in Deutschland serienmäßig ausgelieferten Auto jemals Verwendung gefunden. Und das bis 1970 zurück.«

»Oh, Scheiße.«

»Na ja, jetzt hab ich sowieso schon gequatscht, dann kann ich dir auch noch den Rest erzählen. Der Wagen war früher mal anthrazitfarben und ist ein Mercedes.«

»Das ist doch schon mal was. Weiß Herr Stuhlbein das schon?«

»Ja, und die Annoncen, mit denen er nach dem Besitzer sucht, dem der Wagen vielleicht gestohlen wurde, sind vermutlich auch schon geschaltet.«

Claus bedankte sich bei dem Mann vom Labor, mit dem er in seiner Jugend in Hofheim in einer WG gewohnt hatte, dann legte er auf.

»Okay, dann können wir uns diese Arbeit sparen«, sagte Peter, »und morgen oder übermorgen quetschst du Jörg aus, ob sich jemand auf die Annonce hin gemeldet hat.«

»Der wird mir nichts sagen, da passt Schuchheim schon auf. Außerdem ist auch er, seit er in Hofheim ist, verschlossen wie eine Auster.«

»Gräm dich nicht, das wird sich in der Zukunft geben. Wenn bei ihm nichts zu holen ist, quetsch Hans oder Franz aus, die helfen dir gern.«

»Oder Barbara Seeger. Seit sie damals auf meine Empfehlung hin zur Kommissarin befördert wurde, himmelt die mich an. Wenn ich damals nicht ausgestiegen wäre, wer weiß …«

»Lass das nur Steffi nicht hören, du weißt, wie eifersüchtig sie ist. So, jetzt machen wir aber Feierabend, es ist schon wieder so spät geworden.«

»Hat Olli sich eigentlich schon gemeldet?«, fragte Stefan, während er sich von seinem Sessel erhob.

»Ach ja, das wollte ich euch noch erzählen. Keiner unserer Verdächtigen hat irgendeinen Bezug zum Wohngebiet *Am Steinberg*. Also wieder nichts.«

»Wieso? Immerhin haben wir inzwischen fast alle Alibis zweimal überprüft, und keines wackelt. Damit wissen wir immerhin ziemlich sicher, dass wir dem eigentlichen Drahtzieher – an den ich nach wie vor fest glaube, obwohl es bislang keinen Beweis für seine Existenz gibt – noch nicht begegnet sind.«

Ziemlich früh am nächsten Morgen kam ein junger Mann ins Krankenhaus nach Bad Soden und ging zielstrebig zu der Station, auf der Anja Volkmeier lag. Die Visite war gerade zu Ende gegangen, die leeren Frühstücksteller bereits abgeräumt und die Krankenschwestern bei ihrer morgendlichen Besprechung im Schwesternzimmer versammelt, sodass auf dem Flur der Station gähnende Leere herrschte.

Dem jungen Mann kam das gerade recht, deshalb klopfte er höflich an die Tür des Krankenzimmers und trat ein. Er hatte einen riesigen Blumenstrauß dabei und hielt ihn Anja hin.

»Wer sind Sie?«, fragte Anja, die kaum sein Gesicht hinterm Strauß erkennen konnte, sich gleichzeitig aber sicher war, ihn irgendwo schon einmal gesehen zu haben.

»Ich bin ein Mannschaftskollege Ihres Mannes und im Auftrag des Vereins hier, um Ihnen eine gute Genesung zu wünschen«, sagte er.

Könnte sein, dachte Anja und ließ es erst einmal dabei bewenden.

»Danke«, sagte sie und fügte höflich hinzu: »Es geht mir schon sehr viel besser.«

Während sie mit dem vermeintlichen Sportkollegen ihres Mannes einige belanglose Worte wechselte, kam ihre Zimmergenossin von der Toilette zurück und legte sich wieder in ihr Bett. Der junge Mann sah sie einen Moment lang irritiert an, denn dass Anja nicht allein im Zimmer sein würde, hatte ihm niemand gesagt. Das konnte seine Aufgabe zwar schwieriger machen, aber bestimmt nicht unlösbar. Schließlich hing viel für ihn davon ab.

Die erst siebzehnjährige Marina Theissen grinste in sich hinein, denn sie hielt den jungen Mann für einen Verehrer von Anja. So setzte sie diskret den Kopfhörer ihres MP3-Players auf und hörte, wie auch für ihre Umgebung unschwer festzustellen war, in ohrenbetäubender Lautstärke ihre geliebte Technomusik.

Dem jungen Mann kam das sehr gelegen, und er steuerte nun direkt auf sein eigentliches Ziel los.

»Wir vom Verein haben uns überlegt, wie wir Ihnen und damit natürlich auch Ihrem Mann helfen können. Wenn er den Kopf frei hat, ist das gut für unseren geplanten Aufstieg«, sagte er und lächelte. Dabei sah er so verlegen drein, dass er Anja fast schon sympathisch war.

»Ich habe hier einen speziellen Energy-Drink, den wir vor jedem Spiel trinken. Keine Angst, er enthält keine Anabolika. Es ist ein rein pflanzliches Aufbaugetränk zum Stärken und Kräftigen. Also etwas, das Sie jetzt ganz besonders gut brauchen können.«

Dabei hielt er ihr eine kleine Flasche hin, ganz so wie Jörg auch eine besaß und während der Spiele benutzte.

Im ersten Augenblick war Anja richtig gerührt von Jörgs Vereinskameraden und überlegte für den Bruchteil einer Sekunde, ob sie Jörg nicht dazu überreden sollte, weiterzuspielen. Auch wenn er ihr versprochen hatte, in näherer Zukunft seine Freizeitgestaltung zugunsten seiner Familie umzustellen.

Doch dann stutzte sie. Irgendetwas stimmte an dieser Situation ganz und gar nicht.

»Wie heißen Sie noch mal? Wenn ich wieder gesund bin, möchte ich mich für diesen netten Besuch beim Verein bedanken«, fragte sie, und seine Reaktion stimmte Anja endgültig misstrauisch.

»Manuel Berger, sagte ich das nicht? Trinken Sie nur schnell diesen Drink, bevor die Schwester kommt und ihn

Ihnen wegnimmt. Die sind hier in der Klinik so was von pingelig.«

Dabei schenkte der junge Mann das Getränk kurzerhand in das Glas ein, das auf ihrem Nachttisch stand.

Das war etwas zu viel des Guten, dachte Anja und sagte zuckersüß zu ihm: »Wären Sie so nett, ins Bad zu gehen und den Blumen Wasser zu geben? Dort müsste sich ein Gefäß befinden.«

Der junge Mann schluckte und zögerte kurz. Aber es blieb ihm wohl nichts anderes übrig, dachte er grimmig, und verschwand im Bad. Als er wenige Augenblicke später wieder zurückkam, war das Glas auf Anjas Nachttisch schon leer.

Nun war er es, der stutzte, so war ihm das gar nicht recht. *Na, wie auch immer,* dachte er dann, *jetzt wird es Zeit, dass ich mich vom Acker mache.*

Nicht einmal eine Minute später hatte er das Krankenzimmer bereits verlassen und strebte dem Ausgang entgegen. Er hätte zwar gern in der Cafeteria noch etwas gegessen, aber er wusste, dass es jetzt schnell gehen musste, wenn er unbemerkt das Krankenhaus verlassen wollte. In nicht einmal zehn Minuten würden sich hier die Ereignisse überschlagen, aber dann wäre er schon längst über alle Berge. Dann könnte ihn niemand mehr mit diesem Anschlag in Verbindung bringen.

9.

Marina Theissen, Anjas Bettnachbarin, hatte trotz ihrer lauten Musik mitbekommen, dass da etwas Sonderbares im Gange war. »Wer war denn das?«, fragte sie, kaum dass der Mann das Zimmer verlassen hatte.

»Weiß ich nicht.«

»Aber er sagt doch, dass …«

»… er vom Sportverein meines Mannes käme. Ich bin mir da nicht sicher, ob das stimmt. Den Namen Manuel Berger hab ich auch noch nie gehört. Obwohl ich glaube, ihn irgendwo schon mal gesehen zu haben.«

»Komisch.«

»Ja, schon, aber lass uns jetzt mal von etwas anderem reden.«

Anja, die noch immer ziemlich schwach war, hatte das Geschehen sehr angestrengt, sie wollte im Grunde nur noch ihre Ruhe und den lästigen Vorfall möglichst schnell vergessen.

Aber ihre Mitpatientin, die ein gewitztes Mädchen war, sagte: »Wir sollten das Ganze der Schwester melden, irgendetwas stimmt da nicht.«

Anja hob müde den Arm und wollte etwas sagen, aber da hatte Marina schon den Rufknopf gedrückt, und nur wenige Augenblicke später stand die resolute Stationsschwester im Zimmer.

»Was gibt's?«

Marina übernahm es zu berichten, denn Anja hatte sich, inzwischen mit starken Kopfschmerzen, wieder ins Kissen zurückgelegt und die Augen geschlossen.

Schon nach wenigen Worten sagte die Schwester: »Das soll sich der Doktor anhören.«

Kurz darauf war der Stationsarzt zur Stelle, und Marina erzählte abermals. Als sie an der Stelle ankam, als es darum ging, dass Anja unbedingt den angeblichen Energy-Drink trinken sollte, fragte der Arzt, der sich auf Anjas Krankenbett niedergelassen hatte, erschrocken: »Frau Volkmeier, Sie haben das Zeug doch hoffentlich nicht getrunken?«

»Nein, ich hab es weggeschüttet, als der Mann im Bad war, um Wasser für die Blumen zu holen, die er mitgebracht hatte. Man hat ihm angesehen, dass ihm das nicht passte.«

»Wo sind die Blumen denn jetzt?«, fragte der Arzt und sah sich im ganzen Zimmer um.

»Oh, die müssen noch im Bad sein.«

Der Arzt stand auf öffnete die Tür zum Badezimmer, sah die Blumen im trockenen Waschbecken, kam zurück und sagte: »Das ist wirklich sonderbar. Die Blumen einfach im Waschbecken ablegen, das tut doch nur jemand, der ganz schnell wieder weg will. Wo haben Sie …«

In dem Moment klopfte es an der Tür zum Krankenzimmer, und Jörg Volkmeier trat ein. Er sah den Stationsarzt und die Oberschwester an Anjas Bett stehen und befürchtete sofort Schlimmes.

»Ist etwas geschehen?«, fragte er erschrocken.

»Das wissen wir noch nicht«, antwortete der Arzt und berichtete davon, was sich an diesem Morgen ereignet hatte.

Jörg Volkmeier bestätigte sofort Anjas Befürchtungen, dass es keinen Manuel Berger im Verein gebe und dass der junge Mann nicht vom Vorstand geschickt worden sein konnte, denn der Vorsitzende hatte erst vor einer Stunde mit Jörg telefoniert. Er hatte gefragt, wann er selbst einmal ins Krankenhaus fahren könne, um der Gattin gute Genesung zu wünschen.

Der Arzt dachte kurz nach und fragte dann: »Wo haben Sie das Getränk denn hingeschüttet? Ist es noch zu gebrauchen?«

»Ja, es ist in der Schale unterm Bett. Zum Glück stand sie noch da von der Nacht, falls mir noch einmal schlecht werden würde. Es war gar nicht so einfach, das Ganze in wenigen Sekunden vom Bett aus zu erledigen. Schon gar nicht, wenn man den einen Arm im Gips hat.«

»Frau Wellings, haben Ihre Leute mal wieder nicht ordentlich aufgeräumt?«, sagte der Arzt grinsend zur Schwester, die prompt rot wurde und zu stottern begann. »Ist ja schon gut, war ja ausnahmsweise mal besser so. Frau Wellings, holen Sie mir eine ganz neue unbenutzte Flasche und füllen das Zeug ab. Das geht sofort ins Labor. Ich werde es persönlich hinbringen und die Auswertung überwachen.«

»Sollten wir die Flüssigkeit nicht besser gleich der Polizei übergeben?«, fragte Jörg, aber der Arzt meinte: »Wenn es wirklich nur jemand war, der es gut meinte, sollen wir ihm gleich die Polizei auf den Hals hetzen? Außerdem haben wir so schneller ein Ergebnis vorliegen, als wenn das erst ins Polizeilabor geschickt werden muss. Wir sind hier mindestens ebenso gut ausgerüstet.«

In dem Augenblick kam die Schwester mit einer Glasflasche und einem Trichter zurück, und zusammen füllten sie die Flüssigkeit hinein. Als sie in der Flasche war, hielt der

Arzt sie gegen das Licht, schüttelte den Kopf und rauschte mit wehendem Kittel hinaus.

Der Arzt war gegangen, und im Bett nebenan lauschte Marina wieder ihrer schrecklichen Techno-Musik, da setzte sich Jörg Volkmeier auf das Bett seiner frisch Angetrauten und streichelte ihr zärtlich über das Haar. Sie öffnete die Augen, die sie schon vor einer ganzen Weile geschlossen hatte, lächelte ihren Mann an und freute sich, dass er da war.

»Wie sah der junge Mann denn genau aus?«, wollte Jörg wissen, und als Anja ihn, so gut sie konnte, beschrieben hatte, sagte er: »Den kenne ich nicht. Wenn er irgendetwas mit dem Verein zu tun hätte, würde ich ihn kennen. So lange, wie ich schon bei denen bin. – Sag mal, wo ist denn das Gefäß, in dem er den Drink mitgebracht hat? Wegen eventueller Fingerabdrücke …«

»Keine Ahnung.«

Sie suchten das ganze Zimmer ab, die Plastikflasche blieb aber verschwunden.

Als Jörg sich wieder zu ihr gesetzt hatte, fragte Anja: »Warum bist du eigentlich schon heute Morgen gekommen? Du hattest doch gestern gesagt, du hättest erst am Nachmittag Zeit?«

»Die Detektive machen deinen Vater seit dem Wochenende damit verrückt, dass du weiterhin in Gefahr schweben könntest. Er hat mit den Detektiven zusammen deshalb deine lückenlose Überwachung organisiert. Ich hab das zuerst für übertrieben gehalten, aber so wie es jetzt aussieht …«

»Warten wir erst einmal ab, was im Labor herauskommt. Vorhin, als der Mann hier war, hab ich richtig Bammel bekommen. Aber jetzt, mit etwas Abstand betrachtet, halte ich das für reichlich übertrieben.«

Nur eine Stunde später stand Stationsarzt Dr. Lampe im Labor des Bad Sodener Kreiskrankenhauses, wo sein Schwager als Diplom-Chemiker Laborleiter war. Er hatte den Mann seiner Schwester gedrängt, diesen Schnelltest persönlich vorzunehmen und ihn gebeten, ihm sofort Bescheid zu sagen, wenn das Ergebnis vorliege.

»Na, was gibt's?«, fragte der Arzt, und als der Chemiker sagte: »Halt dich gut fest, oder setz dich besser gleich hin«, entwich ihm das Lächeln auf seinen Lippen und alle Farbe aus dem Gesicht.

»Wieso, was …«, war alles, was er herausbrachte.

»Das war ein ganz gewöhnlicher Energy-Drink …«

»Oh, hast du mich eben erschreckt. Ich dachte tatsächlich schon, es wäre Gift darin gewesen.«

»Ich war auch noch nicht fertig. Der Hammer kommt erst noch. Ich habe nämlich auch ein schleichend wirkendes Nervengift separieren können. Die Wirkung ist etwa so: Wenn deine Patientin von dieser, äh, Brühe getrunken hätte, wäre sie innerhalb von fünfzehn, höchstens zwanzig Minuten ins Koma gefallen, ohne selbst vorher viel davon zu merken. Sie wäre einfach müde geworden und eingeschlafen. Bis irgendjemand Verdacht geschöpft hätte, wäre es längst zu multiplem Organversagen gekommen und nichts mehr zu machen gewesen. Zumal die Dosis sehr hoch angesetzt war. Da wollte einer auf Nummer sicher gehen.«

»Derjenige muss dann aber auch über Fachkenntnisse verfügen, oder?«

»Das kann man so einfach nicht sagen. Im Internet oder,

besser, im Darknet findest du heutzutage Anleitungen für alles Mögliche. Aber eines weiß ich ganz genau, das ist ein Fall für die Kripo.

»Das kannst du laut sagen.«

Jörg Stuhlbein wollte gerade zur Mittagspause in die neu eingerichtete Kantine des Hofheimer Polizeigebäudes gehen, als das Telefon auf seinem Schreibtisch seine Pläne zunichtemachte.

»Verdammt, ich hab Kohldampf«, murrte er, denn er war nun schon seit einigen Stunden im Dienst und noch nicht einmal dazu gekommen, sich einen Kaffee zu kochen.

Denn seit eine Sommergrippe in der Stadt grassierte und zahlreiche Beamte ausgefallen waren, wurde die Personalmisere bei der Hofheimer Polizei langsam dramatisch. An diesem Vormittag mussten sogar einige seiner Beamten von der Kripo bei der Schutzpolizei aushelfen, weil dort seit nahezu zwei Wochen fast gar nichts mehr ging.

Deshalb ignorierte er sein Magenknurren vorerst, setzte sich wieder an seinen Schreibtisch und nahm den Hörer ab.

Er meldete sich, hörte eine Weile lang zu und sagte dann: »Das hört sich wirklich nicht gut an. Wir kommen sofort.«

Dann legte er auf.

»Barbara!«, rief er ins Nachbarbüro hinüber, denn Kriminalkommissarin Barbara Seeger war die einzige Beamtin, die ihm im Moment zur Verfügung stand. »Kommen Sie, wir müssen nach Bad Soden ins Krankenhaus fahren, dort scheint es einen Zwischenfall gegeben zu haben. Besorgen Sie uns doch schon mal einen Wagen aus dem Fuhrpark, ich muss noch mal schnell zu Schuchheim rein. Danke.«

Dann stand er auf und ging über den Flur zum Büro seines Vorgesetzten.

»Wer soll denn hier die Arbeit machen, wenn Sie jetzt auch noch unterwegs sind?«, fragte Schuchheim, nachdem Hauptkommissar Stuhlbein ihm berichtet hatte.

»Ich fürchte, Sie. Es sind ja nur zwei Stunden. Entweder sind wir bis dahin zurück, oder Hans ist wieder da. Er hilft bis zwei Uhr bei der Schutzpolizei aus. Aber nach dem erneuten Anschlag auf Frau Pfannmöller oder, besser gesagt, Volkmeier müssen wir schnellstmöglich dort hin. Nun dürfte wohl endgültig feststehen, dass wir mit unserer Theorie von der Spontantat Fabian Junkers ziemlich danebenlagen.«

»Wir? – Sie!«, behauptete Schuchheim dreist, obwohl er sich völlig bewusst war, dass er selbst die weitergehenden Überlegungen seines Untergebenen im Keim abgewürgt hatte.

Fast jeder andere wäre jetzt an die Decke gegangen, aber Jörg Stuhlbein hatte viel von der bewundernswerten asiatischen Ruhe und Besonnenheit seiner Frau Kim Li übernommen. So verdrehte er nur innerlich die Augen, sagte kurz: »Bis später«, dann verließ er schnell den Raum.

Zwanzig Minuten später standen die beiden Beamten am Krankenbett von Anja Volkmeier und ließen sich genau berichten, was geschehen war. Jörg Stuhlbein erkannte schnell, dass der Anschlag völlig dilettantisch ausgeführt worden und der Ausführende keinesfalls ein Profi war, obwohl die Planung auf eine hohe kriminelle Energie schließen ließ.

»Da haben Sie aber gut reagiert – sehr gut, dass Sie daran gedacht haben, die Flüssigkeit aufzuheben«, sagte Barbara Seeger zu Anja, als diese ihren Bericht beendet hatte.

»An so etwas zu denken, lernt man als Tochter eines Anwalts im Strafrecht«, sagte die junge Frau grinsend, der man inzwischen anmerkte, dass es wieder aufwärts ging. »Aber eines treibt mir im Nachhinein noch den Angstschweiß auf die Stirn. Ich bin mir sicher, diesen jungen Mann schon einmal gesehen zu haben, kann ihn allerdings nicht einsortieren. Deshalb hätte ich es ihm beinahe geglaubt, dass er vom Verein geschickt wurde. Hätte mich sein Insistieren nicht misstrauisch gestimmt, hätte ich das Zeug am Ende sogar getrunken.«

»Sie sagten, Sie glauben ihn zu kennen?«, hakte Jörg Stuhlbein sofort nach, und als Anja nachdenklich sagte: »Ja, irgendwie schon«, fragte er: »Können Sie ihn mir denn beschreiben?«

»Ja. Ich schätze ihn zwischen zweiundzwanzig und fünfundzwanzig, etwa eins achtzig groß, schlank, fast schon dürr, blondes, ganz leicht rötlich schimmerndes Haar, ein kurzer, roter Vollbart.«

»Kommt mir auch irgendwie bekannt vor«, stimmte Jörg Stuhlbein nachdenklich zu und ließ dann den Stationsarzt rufen, der sogleich zur Stelle war.

»Könnte ich bei Ihnen im Büro ein Foto aus meinem Handy ausdrucken?«

»Na klar.«

»Und können Sie mir einen roten Filzstift besorgen?«

»Geht klar. Kommen Sie mit in mein Büro.«

Seine Kollegin sah ihn fragend an, als er aufstand, um dem Arzt zu folgen. »Moment noch«, sagte er, »du wirst gleich sehen, worauf ich hinauswill.«

Barbara Seeger unterhielt sich einige Minuten lang mit Anja Volkmeier, und da die beiden Frauen einander sympathisch waren, verging die Zeit, bis ihr Kollege zurückkam, wie im Fluge.

»Da bin ich wieder«, sagte er, als er das Zimmer betrat. »Ich habe mich gerade daran erinnert, dass ich noch verschiedene Personenfotos aus unserem aktuellen Fall auf dem Handy habe. Bei der Beschreibung vorhin habe ich mich daran erinnert, dass einer von ihnen blondes Haar mit einem ganz leichten Rotstich hatte. Ich habe ihm mal einen Vollbart verpasst. Was meinen Sie, Frau Volkmeier?«

Dabei hielt er ihr das Foto hin, und Anja erschrak fast. »Ja, das ist er, ganz eindeutig. Jetzt weiß ich auch, woher ich ihn kenne. Er war bei der Brautentführung dabei. Ich habe ihn nur im Halbdunkel der Straßenbeleuchtung gesehen, vorher jedoch noch nie. Ich weiß leider nicht mehr, wie er heißt. Es muss einer von den weitläufigeren Bekannten meines Mannes sein. Die engen Freunde kenne ich alle.«

»Er heißt Heiko Junker …«

»Junker? Wie der ehemalige Kompagnon meines Mannes?«

»Ja, er ist sein Halbbruder. Haben Sie eigentlich Erinnerungen an die Ereignisse des Unfallabends?«

»Was früher am Abend war, ist mir präsent. Aber vom Unfallgeschehen selbst weiß ich überhaupt nichts mehr. Meine Erinnerungen enden abrupt an der Stelle, wo wir die Einmündung erreichten.«

»Können wir offen mit Ihnen reden? Verkraften Sie das schon?«

»Klar doch. Alle wollen immerzu alles von mir fernhalten, aber dass da irgendetwas faul ist, habe ich ohnehin schon mitbekommen. Sagen Sie mir bitte, was an diesem Abend geschehen ist!«

»Dieser Fabian Junker …«

»… ist ein unangenehmer Zeitgenosse. Ich verstehe ehrlich gesagt nicht, warum mein Mann überhaupt mit dem befreundet ist.«

Jörg Stuhlbein zögerte für den Bruchteil einer Sekunde, bevor er sich entschloss, es offen zu sagen: »Es war genau dieser Fabian Junker, der dafür verantwortlich ist, dass Sie hier liegen. Er hat Sie vor das Auto gestoßen.«

»Wie bitte, gestoßen? Das darf ja wohl nicht wahr sein!«

»Wir vermuten, dass er sich schon länger an Ihnen rächen wollte und bisher nur nach einer passenden Gelegenheit gesucht hat«, erklärte ihr Barbara Seeger, und Hauptkommissar Stuhlbein ergänzte: »Als nun ein betrunkener Autofahrer herangerast kam, hat er darin seine Chance gesehen.«

Dass es da noch eine andere Möglichkeit gab, behielt er erst einmal für sich.

»Aber warum?«

»Weil es Sie dafür verantwortlich macht, dass Ihr Mann aus dem gemeinsamen Laden ausgestiegen und er nun arbeitslos ist.«

»Ja, ich hab Jörg wochenlang bekniet, das Geschäft aufzugeben, das nichts weiter als Miese produziert hat. Bevor es zu spät ist und wir völlig pleite sind. Aber deshalb … Wird er denn dafür bestraft?«

»Er ist bereits mehr als genug bestraft worden. Er ist in der U-Haft in eine Gefängnisschlägerei hineingeraten und übel zugerichtet worden.«

»Hat das irgendwas mit mir zu tun?«

»Vermutlich nicht. Er war wahrscheinlich einfach zur falschen Zeit am falschen Ort. Wir werden ihn dazu aber wohl nicht mehr befragen können, denn seitdem ringt er in der Frankfurter Uni-Klinik mit dem Tode.«

»Oh, verdammt, auch wenn ich ganz gewiss keine Sympathie für ihn empfinde, er wollte ja das Gleiche mit mir machen – das hätte nicht gleich sein müssen. – Aber wie kommt nun sein Halbbruder in die Sache hinein?«

»Das ist eine lange Geschichte«, sagte Hauptkommissar Stuhlbein und entschloss sich nun doch zu vollkommener Offenheit. »Die Detektive um Peter Stettner, die Ihr Vater engagiert hat, vermuten, dass es hinter den beiden noch einen bislang unbekannten Drahtzieher gibt. Ich habe mich darüber sogar mit meinem Vorgesetzten fast zerstritten, weil ich ihrer Theorie zumindest versuchsweise nachgehen wollte. Aber nun, da es gerade dieser Heiko Junker ist, der da auftaucht, nimmt die Sache erneut eine Wendung. Es sieht nun tatsächlich wieder so aus, als ob mein Vorgesetzter, der Kriminalrat, der diese Drahtzieher-These für ausgemachten Unfug hält, recht hätte.«

»Wieso?«

»Weil die beiden Halbbrüder zwar grundverschieden, aber dennoch ein Herz und eine Seele sind, wie mir ihre Eltern versichert haben. Während Fabian mit seinen fast dreißig Jahren inzwischen wieder im Hotel Mama untergekrochen ist, wohnt der fünfundzwanzigjährige Heiko, der Agilere von beiden, seit mehr als drei Jahren in seiner eigenen Wohnung. Fabian braucht immer jemanden, an den er sich hängen kann. Ich vermute, dass Heiko das Werk seines geliebten Bruders beenden wollte, weil er glaubt, dass Sie die Wurzel allen Unheils sind, das über Fabian hereingebrochen ist. Ich würde Ihnen gern einen Mann von uns vor die Tür stellen, fürchte aber, dass uns dazu im Moment einfach das Personal fehlt. Sehen Sie zu, dass Sie hier drinnen nie allein sind, und passen gut auf sich auf.«

»Vielleicht kann ich früher nach Hause gehen. Erholen kann ich mich auch dort. Außerdem passt dann mein Mann auf mich auf.«

»Das wäre bestimmt nicht die schlechteste Lösung.«

Die beiden Beamten verabschiedeten sich von der jungen

Frau, und noch vom Wagen aus leitete Jörg Stuhlbein die Fahndung nach Heiko Junker ein.

Inzwischen hatte es sich bis zu Burkhard Pfannmöller und damit auch zu den Detektiven herumgesprochen, dass an diesem Vormittag ein weiterer Anschlag auf Anja Volkmeier verübt worden war. Der Anwalt war daraufhin unverzüglich in die Klinik gefahren, hatte mit dem Arzt gesprochen und in Abstimmung mit ihm seine Tochter Anja nach Hause geholt. Er war überzeugt davon, dass sie in seiner Villa in Schmitten, wo immer jemand anwesend war, am sichersten wäre.

Zuerst war Jörg Volkmeier davon nicht sonderlich begeistert, aber als Burkhard Pfannmöller sagte: »Selbstverständlich kannst auch du bei uns schlafen, das Haus ist nun wirklich groß genug«, sah er ein, dass es im Moment wohl die beste Lösung war.

Das sahen auch die Taunus-Ermittler so, denn anderenfalls hätte Anjas Bewachung so viele von ihren Kapazitäten in Anspruch genommen, dass an ordnungsgemäße Detektivarbeit nicht mehr zu denken gewesen wäre.

So konnten sie sich in Ruhe mit der neuesten Theorie der Kripo befassen, von der Claus Mergentheimer durch seinen ehemaligen Kollegen Franz Leitner erfahren hatte.

»Was meinst du dazu?«, fragte Claus, und Peter antwortete: »Schon wieder ein Einzeltäter? Ich glaub's nach wie vor nicht. Obwohl alles danach aussieht.«

»Ich meine, dieser Heiko hat einfach nicht das Format, so etwas zu planen und ganz allein durchzuziehen«, sagte Stefan. »Wenn der jetzt 'ne absolute Leuchte gewesen wäre – na, meinetwegen. Aber nach allem, was ich bislang von ihm weiß, soll er nicht allzu viel schlauer sein als sein Halbbruder.«

»Was weißt du denn von ihm und woher?«

»Ich hab, ohne lang zu fragen, Olli darauf angesetzt, alles herauszufinden, was es über ihn im Netz gibt.«

»Donnerwetter«, sagte Peter, »gute Idee. Wann hast du das gemacht und wie kamst du gerade auf ihn?«

»Als ihr alle unterwegs wart und ich allein im Büro. Da habe ich Fabian Junkers Umfeld ausgeleuchtet und mir Ollis Hilfe geholt. So bin ich darauf gekommen, mich mal näher mit Heiko zu befassen. Es gibt zwar nicht allzu viel über ihn zu erzählen, aber das bisschen reicht schon. Er scheint nicht sehr intelligent, dafür aber ziemlich brutal zu sein. Kurz bevor er achtzehn wurde, hat man ihn wegen Ladendiebstahls zweimal zu Sozialstunden verurteilt. Mit neunzehn hat er dann einen Kaufhausdetektiv niedergeschlagen und auf ihn eingeprügelt, als der ihn trotzdem versucht hat festzuhalten. Letztes Jahr wurde er schließlich noch wegen einer Kneipenschlägerei verurteilt. – So, jetzt muss ich aber zum Zahnarzt, ich hab den Termin schon zweimal platzen lassen. Am Ende wird der noch sauer und zieht mir gleich alle Zähne.«

»Und wir fahren noch einmal zu den Eltern von Heiko und Fabian. Vielleicht erfahren wir irgendetwas darüber, wo ihr Sohn sich aufhält. Ich möchte ihn nur zu gern vor der Polizei erwischen, vielleicht kommen wir über ihn an den Hintermann heran, an den ich mehr denn je glaube.«

Nicht einmal dreißig Minuten später standen Peter und Claus vor dem älteren Siedlungshaus in der Straße *Neue Heimat* in Eddersheim, wo das Ehepaar Junker in einer Dreizimmerwohnung lebte. Hier in der kleinen Siedlung, die einst für die Heimatvertriebenen des Zweiten Weltkriegs erbaut worden war und ganz in der Nähe des Bahnhofs lag, schien die Welt auf den ersten Blick noch in Ordnung zu sein. Aber wenn man genau hinsah, bemerkte man auch hier die ein oder andere Gestalt, die offensichtlich nicht auf der Sonnenseite des Lebens zu Hause war.

Die Detektive parkten, stiegen aus und gingen zielstrebig zu dem Haus hinüber, von dem sie wussten, dass dort die Junkers wohnten. Sie läuteten, und als nur wenige Augenblicke später der Türöffner ging, empfing sie ein altes, aber erstaunlich gut in Schuss gehaltenes Treppenhaus.

Sie stiegen in den zweiten Stock hinauf und fragten den etwas ungepflegt wirkenden Mann mit dem beachtlichen Bierbauch, der im Unterhemd lässig im Türrahmen lehnte, ob er Herr Junker sei.

»Wer sonst? Meinen Sie vielleicht, der Weihnachtsmann? Redet ihr Bullen denn gar nicht miteinander?«

»Wir sind nicht von der Polizei.«

Der kurze Satz genügte bereits, um den reichlich träge wirkenden Mann dazu zu bringen, sich mit beachtlicher Geschwindigkeit in die Wohnung zurückzuziehen. Er wollte die Tür zuschlagen, aber Peter war schneller. Sein Fuß schnellte vor und stand in der Türöffnung.

»Warten Sie doch mal!«

»Auf wen? Auf die Bullen? Die rufe ich nämlich gleich!«

»Hören Sie uns doch erst einmal zu. Wir sind Privatdetektive und untersuchen den Fall Ihres Sohnes Fabian. Er hat uns engagiert, bevor er verhaftet wurde. Wir sollen beweisen, dass er unschuldig ist«, log Peter dreist.

Augenblicklich änderte sich die Haltung des Mannes erneut, er gab die Tür frei und sagte: »Na, dann kommt mal rein, ihr Schnüffler.«

Als sie an ihm vorbei in die Wohnung gingen, streifte die Detektive ein Atemhauch des Mannes, und es war ihnen klar, dass er an diesem Morgen schon eine Menge getankt haben musste. Peter fragte sich, ob dies sein Normalzustand sein konnte, denn sie kamen in ein erstaunlich ordentlich aufgeräumtes Wohnzimmer. Dort saß seine Frau, die in ihrer Kittelschürze einen verhärmten, ja fast schon ausgezehrten Eindruck machte und nur unwesentlich nüchterner als ihr Mann zu sein schien. Zudem hatte sie verquollene und rotverweinte Augen.

Sie fragte mit etwas unsicherer Stimme, aber ganz direkt: »Haben Sie den Scheißkerl, der unserem Sohn das angetan hat? Der ihn mit seiner Unfallfahrt erst in Verdacht gebracht hat, sodass er verhaftet und dort so sehr zusammengedroschen wurde, dass er vielleicht niemals wieder aufwacht?«

»Nein, noch nicht, aber wir sind recht guter Dinge, dass wir ihn sehr bald erwischen«, sagte nun Claus, und Peter war begeistert, wie geschmeidig er in das Spiel mit einstieg. »Dazu müssten wir aber erst einmal etwas mehr über Ihren anderen Sohn wissen.«

»Wieso denn das?«, fragte die Frau vorsichtig, und ihr Mann schob nicht minder misstrauisch hinterher: »Warum sollten wir über diesen Bastard ... äh, Heiko reden? Was hat er damit zu tun?«

»Vermutlich nichts. Aber es sieht so aus, als ob ein Dritter hinter all dem steckt und nun auch Kontakt zu Ihrem zweiten Sohn aufgenommen hat. Haben Sie eine Ahnung, wer das sein könnte?«

»Nee, hab ich nicht. Außerdem ist Heiko nicht mein Sohn. Er ist das Resultat eines Fehltritts meiner Frau. Hätten die lieber den so vermöbelt.«

Nun sah sogar Frau Junker, die zuvor wieder in ihrem Schmerz versunken war, ihren Mann verwundert an und wagte einzuwenden: »Sag doch so was ...« Aber ihr Mann fuhr ihr über den Mund, indem er sie anraunzte: »Schnauze, ich will nichts mehr davon hören.«

Peter änderte seine Taktik und fragte: »Fabian wohnt noch bei Ihnen?«

»Nicht noch, wieder. Er hat einige Zeit in Kelkheim in einer eleganten Wohnung gelebt«, berichtete sein Vater mit sichtlichem Stolz. »Aber als sein Kompagnon, ein zwielichtiger Bursche übrigens, die Firma zugrunde richtete, konnte er sie nicht mehr halten. Er zog wieder heim zu uns, ist aber noch bei der Wohnungsauflösung. Er will die wertvollen Möbel ...«

Erst jetzt schien ihm wieder bewusst zu werden, dass sein Sohn diese Tätigkeit vermutlich nicht mehr vollenden konnte und er brach mitten im Satz ab.

»Hatte Ihr ... äh, Heiko denn nichts dagegen?«, fragte Claus.

»Warum sollte er? Er hat schon lange seine eigene Wohnung unten im alten Ort, und außerdem waren die beiden sich ohnehin nicht so grün, als dass sie viel miteinander geredet hätten. Na ja, in der letzten Zeit ging es ein bisschen besser.«

»Da haben Sie zur Polizei aber etwas ganz anderes gesagt«, sagte Peter, und sofort kam der Widerspruchsgeist des alten Junker, der kaum älter als Mitte fünfzig sein konnte, durch: »Wer sagt das? Muss ich denen denn alles auf die Nase binden? Das geht die einen Scheißdreck an, was bei uns in der Familie los ist.«

Seine Stimme war zum Ende des Satzes hin immer lauter geworden und gipfelte in der Frage: »Woher wisst Ihr das überhaupt? Seid ihr am Ende doch Bullen? Egal, ich hab jetzt jedenfalls die Schnauze voll von euch Schnüfflern. Macht, dass ihr vom Acker kommt, aber dalli!«

Dabei sprang er erstaunlich flink auf und drängte die Detektive, die vorsichtshalber ebenfalls aufgestanden waren, zur Wohnungstür hin. Die beiden ließen sich aber auch bereitwillig drängen, denn es war ihnen klar, dass sie hier erst einmal nichts weiter erfahren würden. Aber sie hatten einige neue Anhaltspunkte erhalten.

Die Eltern der beiden Halbbrüder hatten der Polizei ein vollkommen falsches Bild vom Verhältnis der beiden zueinander geliefert. Ob das bewusst und zur Irreführung geschehen war oder nur, weil Horst Junker den zweiten Sohn seiner Frau nicht riechen konnte, würde die Zukunft zeigen.

Auf jeden Fall war Heiko Junker erfolgreich abgetaucht, und die Fahndungsmaßnahmen der Polizei blieben an diesem Tag ohne Ergebnis. So viele Ungereimtheiten es in dem Fall auch gab, einige Dinge wurden nun etwas klarer. Horst Junker würde Heiko garantiert nicht helfen unterzutauchen, genauso wenig wie Heiko aus Rache für seinen Bruder gehandelt hatte. Seinem Motiv lagen höchstwahrscheinlich ureigene Interessen zugrunde, die noch einiges an Nachforschungen nötig machen würden.

Am nächsten Vormittag waren nun wieder Stefan und Peter gemeinsam im Hattersheimer Stadtteil Eddersheim unterwegs und versuchten, etwas über Heikos Lebensumfeld herauszubekommen. Im alten Dorfkern befragten sie so ziemlich alle Nachbarn, aber es stellte sich heraus, dass Heiko entweder nicht hier verkehrte oder aber bislang sehr zurückgezogen gelebt haben musste. Keiner der Leute, die sie nach ihm fragten, konnte ihnen etwas wirklich Neues über ihn berichten.

Immer wieder hieß es nur: »Ja, den habe ich schon mal

gesehen. Er muss hier irgendwo wohnen. Aber wo, das weiß ich nicht genau.«

Oder aber, bei ihm im Haus: »Ja, ein freundlicher junger Mann. Grüßt immer, putzt sogar seine Treppe, aber Besuch? Nein, dass er Besucher empfängt, davon habe ich nie etwas gesehen.«

Alles nichtssagende Aussagen, die sie nicht einen Millimeter weiterbrachten. Darüber wurde es Nachmittag.

Aber auch Heiko Junker hatte Pech. Gerade als er in seine Wohnung zurückkehren wollte, sah er die beiden Detektive vor dem Haus aus dem Wagen steigen. Er war sich sofort im Klaren darüber, dass er verduften musste, wenn man ihm schon so dicht auf den Fersen war. So risikolos, wie sein Partner es ihm eingeredet hatte, war sein Job also doch nicht gewesen. Leider kam er nun nicht mehr an sein Sparbuch heran, das in seinem Wohnzimmerschrank versteckt lag und ihm eine ganze Weile weitergeholfen hätte. Er würde sich also anderweitig Geld beschaffen müssen. Wenigstens war er nicht mit seinem alten und schon etwas klapprigen Kleinwagen unterwegs, sondern war in der Nacht nach dem Anschlag auf die 650er Enduro-Maschine seines Stiefvaters umgestiegen, die er ihm aus dem Keller gestohlen hatte. Damit war er jedem Polizeiwagen überlegen. Der Alte würde das schon nicht so schnell merken; sie hatte seit gut einem Jahr eingemottet und gut abgedeckt, dennoch angemeldet, in der hintersten Ecke des Kellers gestanden. Sein Stiefvater, dieser Simpel, glaubte tatsächlich, irgendwann wieder damit fahren zu können. Dabei hatte das Hüftleiden, das der Arzt bei ihm diagnostiziert hatte, ihn bereits in die Frührente getrieben. Seitdem war der Alte vollkommen ungenießbar geworden.

Heiko Junker verdrängte den Gedanken an seinen übellaunigen Stiefvater schnell und ging in Gedanken seine Möglichkeiten durch. Sehr viele blieben ihm nicht. Wenn er erst einmal wieder flüssig wäre, würde er Deutschland den Rücken kehren und für längere Zeit im Ausland abtauchen. Dass er dafür alle seine hochtrabenden Pläne beerdigen konnte, machte ihn stocksauer. Nun konnte er keine Rücksichten mehr nehmen; auf niemanden.

So fuhr er zuerst einmal nach Kelkheim zu Alissa. Er wusste, dass sie um diese Zeit allein in der elterlichen Wohnung war, und sagte scheinheilig, als sie ihm öffnete: »Hallo, jetzt bin ich endlich da.«

»Bist du zur Vernunft gekommen? Es wird auch langsam Zeit.«

»Ich war noch nie vernünftiger. Ich brauche dich.«

Alissa traute ihren Ohren kaum. Ein solcher Satz kam tatsächlich über die Lippen ihres Freundes? Würde am Ende vielleicht doch noch alles gut werden? Sie hatte schon fast nicht mehr daran geglaubt. Aber schon im nächsten Augenblick machte Heiko alle ihre Hoffnungen zunichte.

»Ich brauche Geld, viel Geld. Ich muss für 'ne Weile abtauchen.«

»Warum das denn? Wo soll ich denn jetzt Geld hernehmen? Ich habe gerade mal hundertfünfzig Euro da.«

»Besser als nichts. Außerdem gibt's da noch die Haushaltskasse deiner Mutter. Und deine Kontokarte. Los, her damit.«

»Nein! Jedenfalls nicht, solange du mir nicht sagst, was los ist. Hast du schon wieder irgendwelche Dummheiten gemacht?«

»Halt endlich deine dumme Fresse, los, rück die Kohle raus. Die Bullen sind mir auf den Fersen.«

Nachdem die achtzehnjährige Alissa vollkommen erstarrt im Flur stehen blieb und fassungslos ihren Freund anstarrte, der längst keiner mehr war, machte sich Heiko auf den Weg in die Küche, um die Haushaltskasse persönlich zu plündern. Alissa zog er mit sich, damit sie unterdessen nicht auf dumme Gedanken kam. Jetzt erwies es sich als vorteilhaft, dass er sich am Anfang ihrer Beziehung so handzahm gegeben hatte, denn Alissa hatte ihm damals als Vertrauensbeweis verraten, dass ihre Mutter das Haushaltsgeld in einer Blechdose im Küchenschrank aufbewahrte.

Bereits hinter der zweiten Tür fand er die Dose. Er steckte den Inhalt, es waren exakt achthundert Euro und damit um einiges mehr, als er erwartet hatte, in seinen Lederkombi, ließ sich die hundertfünfzig Euro aus Alissas Portemonnaie aushändigen und sagte: »So, jetzt noch die Karte.«

Alissa hatte gehofft, dass er sich mit dem Bargeld zufriedengeben würde, und erwiderte mutig: »Nein«, aber Heiko hatte plötzlich ein Messer in der Hand und sagte ungerührt: »Du wärst nicht die Erste, die ich kaltmache.«

»Was ... was heißt denn das?«

»Siehst du keine Nachrichten? Gestern im Bad Sodener Krankenhaus ...«

»Der Anschlag auf diese Anja, warst du das?«

»Wer sonst?«

Nun bekam es Alissa, die bislang erstaunlich ruhig geblieben war, doch mit der Angst zu tun. Sie spürte, dass Heiko kurz davor stand, die Kontrolle über sich zu verlieren, und händigte ihm die Karte aus. Ihn darauf hinzuweisen, dass sein Anschlag misslungen war, unterließ sie lieber. Wer weiß, wie er dann reagiert hätte.

Als Heiko sich umdrehte und die Küche verließ, rannte ihm Alissa, ohne recht zu wissen, was sie tat, hinterher, und als sie ihn an der Wohnungstür einholte, drehte er sich zu ihr um, ließ das Klappmesser aufspringen und sagte so kalt, dass ihr beinahe das Blut in den Adern gefror: »Lass es dir ja nicht einfallen, die Bullen zu rufen. Dann komme ich zurück.«

Dabei stieß er sie so unsanft von sich, dass sie ins Taumeln kam, mit dem Kopf gegen die Kante der Flurgarderobe knallte und vor Schmerzen benommen zu Boden ging. Dann stürmte er hinaus.

Nur wenige Augenblicke später betrat Alissas Vater die Wohnung und sah verwundert auf seine Tochter, die sich gerade vom Boden hochrappelte. Erst auf den zweiten Blick sah er, dass sie leicht an der Stirn blutete.

»Was ist los, habt ihr euch gestritten? Im Treppenhaus ist mir Heiko begegnet, er ist an mir vorbeigestürmt, als wenn der Teufel hinter ihm her wäre. Ich glaube, er hat mich nicht einmal bemerkt.«

»Wenn es nur das wäre. Er hat Muttis Haushalts- und Taschengeld gestohlen und meine Kontokarte mitgenommen.«

»Hat er dich so zugerichtet?«

»Ja.«

»Dann müssen wir sofort die Polizei benachrichtigen. Wenn die schnell sind, können sie ihn vielleicht noch am Bankautomaten stellen.«

»Nein, er hat mir gedroht.«

»Was hat er? Dir gedroht? Dann erst recht!«

»Na gut, machst du das?«, fragte die noch immer schluchzende Alissa, und ihr Vater legte ihr beruhigend die Hand auf die Schulter. Dann fragte er sie, ob er sie verarzten solle, während er die Nummer der Kelkheimer Polizeistation wählte.

»Nicht nötig«, sagte Alissa kurz angebunden und verschwand in ihrem Zimmer.

Am wieder lauter werdenden Schluchzen konnte man deutlich erkennen, dass sie das endgültige Erwachen aus ihrem Liebestraum bedeutend mehr schmerzte als die kleine Wunde an der Stirn, die schon längst zu bluten aufgehört hatte.

Leider hatte Alissa über all ihrem Seelenschmerz vergessen, ihrem Vater mitzuteilen, was Heiko ihr sonst noch freimütig gestanden hatte. Sonst hätte ihr Vater gleich die Kripo in Hofheim verständigt.

So aber hatte er einen ganz jungen Polizisten am Apparat, der erst vor zwei Wochen von der Polizeischule gekommen war. Vor lauter Nervosität, bei seinem ersten Bereitschafts-Spätdienst etwas falsch zu machen, unterlief ihm allerdings ein verständlicher, aber schwerwiegender Fehler.

Er glaubte zwar, den Namen Junker an diesem Tag schon einmal gehört oder gelesen zu haben, und erinnerte sich, dass am frühen Nachmittag, gleich nach seinem Dienstbeginn, ein Fahndungsersuchen von der Hofheimer Kriminalpolizei hereingekommen war. Allerdings war ihm entgangen, dass kurz darauf ein weiteres Fax gekommen war und sich, statt oben auf den Stapel in der dafür vorgesehenen Schale zu rutschen, unter das zuvor ausgedruckte geschoben hatte.

Es entging ihm auch deshalb, weil er wegen der beginnenden Urlaubszeit und des ohnehin schon drückenden Personalmangels allein Dienst tat, was so eigentlich nicht vorgesehen war. Als dann auch noch zwei zerstrittene und erheblich angetrunkene Kelkheimer Bürger in die Wache kamen und sich lautstark gegenseitig anzeigen wollten, und weil zudem das Telefon nicht eine Minute lang stillstand, war das alte Faxgerät zeitweilig in Vergessenheit geraten. Erst als Ulrich Zahn anrief und den Raub der Bankkarte seiner Tochter meldete, erinnerte er sich wieder daran. Er ging hinüber, nahm das oberste Fax aus der Schale und las, dass Thomas Junger wegen eines versuchten Bankraubs in Flörsheim gesucht wurde.

So leicht irrt man sich, dachte er, *nicht Junker, sondern Junger.*

Dann legte er das Fax zurück in die Schale, das zweite Fernschreiben darunter beachtete er nicht.

So kam es, dass die Kelkheimer Streifenpolizisten zwar sämtliche Geldautomaten in der Stadt im Auge behielten, aber nichts davon wussten, dass Heiko Junker auch wegen des Mordversuchs in Bad Soden gesucht wurde.

Ulrich Zahn waren inzwischen Bedenken gekommen, weil er so gar nichts mehr von seiner Tochter gehört hatte, seit sie in ihrem Zimmer verschwunden war. Selbst das Schluchzen hatte vor geraumer Zeit aufgehört.

Kurz entschlossen erhob er sich aus dem Wohnzimmersessel, wo er auf seine Frau gewartet hatte, und ging zu Alissas Zimmer hinüber. Gerade als er anklopfte und dann vorsichtig die Tür öffnete, kam auch Ulrike Zahn von der Arbeit nach Hause. Sie sah ihren Mann in der offenen Zimmertür stehen und eilte hin, denn dass ihr Mann das Allerheiligste ihrer Tochter betrat, kam nur in absoluten Ausnahmefällen vor. Sie wusste, dass er ihre Privatsphäre in ganz besonderer Weise respektierte. Mit einem Schlag war die Müdigkeit nach zehn Stunden Arbeit – sie war Filialleiterin eines Drogeriemarktes – wie weggeblasen, als sie das schief aufgeklebte Pflaster auf der Stirn ihrer Tochter sah.

»Was ist hier passiert?«, fragte sie misstrauisch, und Alissa berichtete ihrer Mutter von Heikos Besuch. Sie endete damit, dass sie nachdenklich sagte: »Irgendwie hat er was davon gefaselt, dass er etwas mit der Sache im Bad Sodener Krankenhaus zu tun hat. Ich bring es nur nicht mehr so richtig zusammen, wie das war.«

»Welche Sache?«, fragte Alissas Mutter, die an diesem Tag noch keine Nachrichten gehört hatte.

»Na das mit dem erneuten Mordversuch an der jungen Frau, die letzte Woche vor ein Auto gestoßen wurde.«

»Scheiße, dann müssen wir sofort die Kripo verständigen!«, rief Ulrich Zahn, aber seine Frau meinte: »Ruf zuerst die Detektive an, die an dem Fall dran sind. Die sind schon hier und schneller vor Ort. Wenn über den Fall schon in den Nachrichten berichtet wurde, dann fahndet die Kripo doch ohnehin schon nach ihm. – Ach, noch was. Weiß Heiko eigentlich deine Geheimzahl?«

»Das kann gut möglich sein. Er war immerhin schon mehrfach dabei, wenn ich Geld abgehoben habe.«

»Dann hast du doch sicher gleich deine Karte sperren lassen?«

Sie schaute ihre Mutter erschrocken an.

»Oh, Scheiße, nein.«

Die stets besonnene Ulrike Zahn sah ihre Tochter erstaunt an, denn so konfus kannte sie Alissa nicht, aber auch ihr Mann bekam gleich noch einen verwunderten Seitenblick dafür ab, dass er seine Tochter nicht daran erinnert hatte.

Kurz vor zwanzig Uhr klingelte in der Detektei das Telefon. Peter, Stefan und Claus waren gerade dabei Feierabend zu machen und schon auf dem Weg zur Eingangstür. Alle drei fuhren herum, aber Peter war am schnellsten am Apparat.

Er schaltete den Lautsprecher ein und sagte: »Die Taunus-Ermittler, das Detektivbüro in Kelkheim, was können wir für Sie tun?«

Ulrich Zahn stellte sich vor, und zuerst wollte Peter ihn abwimmeln, aber als er erklärte, dass seine Tochter mit Heiko Junker befreundet sei, waren alle drei ganz Ohr. Sie ließen den Mann in Ruhe berichten, und als er fragte: »Soll ich die Hofheimer Kripo darüber benachrichtigen, dass Heiko Junker den erneuten Anschlag auf die Frau gestanden hat?«, antwortete Peter: »Das können Sie gern tun. Wobei die Fahndung nach Heiko Junker als dringend Tatverdächtigem ohnehin seit heute Nachmittag läuft. Auch die Kelkheimer Polizei müsste das Fahndungsersuchen der Hofheimer längst auf dem Tisch haben, und wenn Sie den Raub dort gemeldet haben, dürfte Hofheim auch darüber bereits informiert sein.«

»Ist der jungen Frau etwas passiert?«, fragte Zahn besorgt.

»Nein, ihr ist nichts geschehen. Wir stehen in ständigem Kontakt zu ihrer Familie. Von ihnen wissen wir, dass der zuständige Kommissar noch von der Klinik aus die Fahndung nach Heiko veranlasst hat. Hat Ihre Tochter die Karte sperren lassen?«

»Nein, aber dafür hat mir meine Frau schon den Kopf gewaschen. Ich war über den Zustand meiner Tochter so schockiert, dass ich daran nicht einmal ansatzweise gedacht habe. Wir erledigen das gleich.«

»Schon gut. So, jetzt müssen Sie uns aber entschuldigen, wir haben noch zu tun.«

Kaum hatte Peter aufgelegt, sagte Stefan grinsend: »Ja, Feierabend machen«, und Claus fügte hinzu: »Wenn ich Peter eben richtig verstanden habe, ist der vorerst gestrichen. Stimmt's?«

»Wenn ihr wollt …«, begann Peter, und Stefan fragte:

»Was willst du tun? Etwa auch sämtliche Geldautomaten überwachen? Was soll das bringen? Wir sind zu dritt, bestenfalls zu fünft.«

»Nein, daran hatte ich nicht gedacht.«

»Sondern?«

»Lass mich mal kurz meine Gedanken sortieren. Steigen wir erst mal in meinen Wagen. Du fährst aber.«

»Wohin?«

»Sehen wir dann.«

Während sie einstiegen, schwieg Peter, und erst als Stefan fragte: »Wohin?«, sagte er: »Fahr mal in Richtung Taunus-Sparkasse, aber langsam.« Dann fuhr er fort: »Entweder war er schon auf der Bank, oder aber er weiß, dass er jetzt nicht mehr hineinkommt, ohne erwischt zu werden. Aber selbst wenn er es geschafft hat, Alissa Zahns Konto leerzuräumen, reicht das vermutlich nicht weit. Schon gar nicht für eine Flucht. Er wird sich zwangsläufig anderweitig mehr Geld besorgen müssen. Ich denke da an seinen Hintermann, den es zweifelsohne gibt, auch wenn unser Freund Stuhlbein es immer noch nicht wahrhaben will. Heikos Wagen hat man inzwischen gefunden, wie ihr wisst. Dass er dennoch mobil ist, sieht man daran, dass er bei seiner Freundin Alissa aufgetaucht ist. Mit der Kleinbahn wird er wohl kaum gekommen sein. Wenn er schlau ist, hat er sich ein Motorrad besorgt. Damit kann man leichter abtauchen. Und dass er weg will, scheint mir außer Frage zu stehen. Vermutlich nach Süden. Also wird er, wie wir aus der Erfahrung wissen, erst einmal nach Norden fahren, um die Polizei in die Irre zu führen. Ehrlich gesagt weiß ich auch noch nicht, wie wir ihn finden sollen, aber ...«

In dem Augenblick passierten die Detektive den Kelkheimer Marktplatz mit der Sparkassen-Filiale. Da sich in unmittelbarer Nähe einige weitere Banken mit Geldautomaten befanden, entging den geschulten Augen der Detektive nicht das Polizeiaufgebot um den Markt herum. Präsenz zeigte die Polizei hier zwar wegen einiger gewaltbereiter Jugendlicher schon seit Wochen, aber statt eines Streifenwagens standen gleich mehrere Zivilfahrzeuge hier. Wenn Heiko Junker diese Filiale betrat, saß er in der Falle.

Aber auch er hatte sie gesehen, sonst wäre er schon längst über alle Berge. Von Alissa Zahns Wohnung aus war er auf dem schnellsten Weg hierher gefahren, da er wusste, dass ihm nur sehr wenig Zeit blieb, bis die Karte gesperrt war. Schließlich glaubte er sich schemenhaft daran zu erinnern, dass ihm Alissas Vater auf der Treppe begegnet war. Ihm war klar, dass er vielleicht Alissa einschüchtern konnte, aber Ulrich Zahn würde ihm die Polizei auf den Hals hetzen, kaum dass seine Tochter ihm erzählt hatte, was geschehen war. Dummerweise hatte er gegenüber Alissa seinen Mund nicht halten können, was Bad Soden anging. Das brachte zusätzlich die Kripo auf den Plan. Er musste nun doppelt gut auf der Hut sein und durfte keinerlei Risiko eingehen, wenn er einigermaßen unbeschadet aus der Sache herauskommen wollte.

Deshalb hatte Heiko Junker aus einer größeren Entfernung die Filiale der Taunus-Sparkasse im Blick, war aber erst einmal in der Deckung geblieben.

Gerade als er sich entschlossen hatte, zum Geldautomaten hinüberzugehen, war ein Streifenwagen auf den Marktplatz eingebogen. Heiko wusste, hier in der Fußgängerzone randalierten manchmal betrunkene Jugendliche: so auch an diesem Tag. Obwohl das Ganze vermutlich gar nichts mit ihm zu tun hatte, war es ihm trotzdem zu riskant, einfach so an den Beamten vorbeizumarschieren. Ganz so cool, wie er sich immer gab, war er eben doch nicht.

Bestimmt eine gute Viertelstunde oder länger überlegte er hin und her und wusste, dass ihm die Zeit davonlief. Die Karte war bestimmt längst gesperrt – es half alles nichts, ein anderer Plan musste her, um an Geld zu kommen. Deutlich mehr Geld als bisher geplant. Schließlich musste er auch seine Zukunftspläne begraben.

Es war aber etwas anderes als das Polizeiaufgebot in der Kelkheimer Innenstadt, was Peter mitten im Satz verstummen ließ. Vom Beifahrersitz aus hatte er in der südlichen Fortsetzung der Fußgängerzone, in der Stadtmitte Süd, eine Bewegung wahrgenommen, die dort nicht hingehörte.

»Stopp«, sagte er so scharf, dass Stefan augenblicklich gehorchte und so fest auf die Bremse trat, dass der nachfolgende Autofahrer beinahe aufgefahren wäre.

Das brachte den drei Detektiven zwar einige derbe Beschimpfungen und lautstarke Flüche ein, aber Peter hatte gesehen, was er sehen wollte. Gute zwanzig Meter von ihnen entfernt startete jemand betont unauffällig eine schwere Enduro-Maschine und rollte fast schon unnatürlich langsam durch die Fußgängerzone dem Parkplatz entgegen, der zur Stadtmitte Süd gehörte. Die Beamten auf dem Marktplatz auf der anderen Straßenseite, die nach wie vor mit den Jugendlichen beschäftigt waren, bemerkten nichts davon.

Das Beste aber war, dass Peter das Kennzeichen des Motorrades hatte lesen können. Sofort rief er Olli Krause an.

»Ist er das, soll ich ihm folgen?«, fragte Stefan unterdessen.

»Ich klär das schnell ab, fahr du mal genauso schnell nach Münster runter, ich hab da eine Idee.«

10.

Als Stefan gerade am südlichen Ende des Stadtparks *Sindlinger Wiesen* ankam, rief Olli Krause zurück. Peter hatte den richtigen Riecher gehabt. Der Fahrer des Motorrades musste Heiko Junker sein, denn die Maschine gehörte seinem Stiefvater. Ob der sie ihm freiwillig überlassen oder Heiko sie entwendet hatte, war im Moment zweitrangig.

Peter war an diesem Tag offensichtlich in Hochform, denn eine weitere Spekulation von ihm ging allem Anschein nach auf.

Hatte er doch gesehen, wie der Motorradfahrer, als er am Parkplatz angekommen war, nicht zur Frankfurter Straße hin abgebogen, sondern betont langsam zum Park hin gerollt war. Da er sich von ihnen wegbewegt hatte und nicht an der nördlichen Ausfahrt des Parkplatzes vors Auto gefahren war, konnte das nur bedeuten, dass er, möglichst ohne aufzufallen, durch den Park nach Münster gelangen wollte.

Deshalb stieg Claus Mergentheimer, kaum, dass sie angekommen waren, aus und ging in den Park, während Stefan einen unauffälligen Parkplatz suchte, von dem aus sie den südlichen Ausgang des Stadtparks nicht aus den Augen verloren. Er fand ihn ungefähr einhundertfünfzig Meter entfernt im kurzen Parkstreifen auf der Kronberger Straße.

»Sollten wir nicht die Polizei unterrichten, nach welcher Art Fahrzeug sie fahnden müssen?«, fragte Stefan, und Peter meinte: »Ja, mach das. Dann kann uns später niemand vorwerfen, wir hätten Informationen zurückgehalten. Aber sag ihnen um Gottes willen nicht, wem das Motorrad gehört, das Kennzeichen oder wo Heiko sich im Moment aufhält. Sag' nur, wir hätten ihn gesehen. Ich will …«

»Wissen wir. Du willst den Hintermann erwischen, dessen Existenz der gute Schuchheim Kommissar Stuhlbein ausgeredet hat.«

»Exakt. Deshalb werden wir unsere Karten auch erst dann auf den Tisch legen, wenn wir wissen, wo die Geldübergabe stattfindet.

»Du meinst, er wurde noch nicht bezahlt?«

»Vermutlich nicht. Auf jeden Fall scheint Heiko finanziell ziemlich unter Druck zu stehen, sonst hätte er das plumpe Ding mit Alissa so nicht durchgezogen.«

»Stimmt. Aber der Anschlag ist misslungen, wird der Auftraggeber überhaupt zahlen?«

»Gute Frage. Hoffentlich ist Heiko nicht so dumm, ihn erpressen zu wollen. Wer weiß, was dann geschieht.«

In dem Augenblick kam Claus zurück und sagte: »Er sitzt auf der letzten Bank vor dem Ausgang, hat sein Motorrad neben sich abgestellt und telefoniert mit einer Seelenruhe, als ob er im Urlaub wäre.«

»Konntest du etwas verstehen?«

»Nein, leider nicht. Ich hab nicht dein Gehör.«

»Hat er dich auch nicht bemerkt?«

»Ich hab mich neben ihn auf die Bank gesetzt.«

»Wie bitte?«

»Mensch, Peter, natürlich nicht. Hältst du mich für einen Anfänger?«

»Entschuldige bitte, war nicht so gemeint.«

»Seid ihr fertig?«, fragte Stefan etwas genervt und setzte dann nach: »Warten wir hier, bis er sich rührt, und folgen ihm dann?«

»Ja, so hatte ich mir …«

»Und wenn die sich gleich hier im Park treffen und der andere von Norden kommt? Am Ende bekommen wir dann nicht einmal etwas davon mit und verlieren beide.«

»Verdammt, du hast recht, daran hab ich gar nicht gedacht. Ich hatte mir eher ein konspiratives Treffen an irgendeiner schwer zugänglichen Stelle ausgemalt, nicht in aller Öffentlichkeit. Daran habe ich nicht einen Moment gedacht.«

»Öffentlichkeit ist gut. Sieh mal nach draußen, Peter; es wird langsam dunkel. In einer halben Stunde ist der Park menschenleer. Außerdem hat Heiko seinen Platz nicht schlecht gewählt. Die Bank wird von keiner der umliegenden Lampen beleuchtet«, sagte Claus.

»Ich geb's ja zu, ich bin ein Esel«, sagte Peter erstaunlich einsichtig und schwang sich aus dem Auto. »Ich geh dann mal ein bisschen lauschen, vielleicht ergibt sich ja was.«

Trotz seiner inzwischen beachtlichen Leibesfülle bewegte Peter sich geschmeidig wie eine Katze und war nur wenige Augenblicke später völlig geräuschlos im Gebüsch des Parks verschwunden.

Peter schlich sich dem Platz entgegen, den Claus ihm genannt hatte. Er verfluchte seine Augen, die zwar nicht gerade schlecht waren, aber mit seinem Gehör nicht im Entferntesten mithalten konnten. Es war gar nicht so einfach, in der immer stärker einsetzenden Dämmerung durchs Gebüsch zu schleichen, ohne ein Geräusch zu verursachen, weil er immer wieder Gefahr lief, auf einen am Boden liegenden Zweig zu treten. Endlich hatte er es geschafft. Die Parkbank und mit ihr Heiko Junker tauchten im immer schwächer werdenden Tageslicht schemenhaft vor ihm auf.

Er schien seine Sache gut gemacht zu haben, denn Heiko wähnte sich anscheinend vollkommen unbeobachtet, als er erneut sein Smartphone zückte und telefonierte.

Wenigstens schreibt er ihm keine Nachricht, dachte Peter, *die hätte ich unmöglich mithören können.*

»Wo bleibst du denn?«, sagte Heiko, und seine Stimme klang, wenn man nicht ganz genau hinhörte, ruhig und sicher. »Ich warte jetzt schon eine geschlagene halbe Stunde auf dich. Mir wird der Boden hier echt zu heiß, ich muss hier weg.«

Dann hörte er eine ganze Weile lang zu und sagte schließlich: »Ist mir egal, Hauptsache, du kommst, und das schnell. Bring besser gleich fünfundzwanzigtausend mit. Je weiter ich weg von hier bin, umso besser auch für dich.«

Danach hörte er wieder eine ganze Weile zu, und als er erneut zu sprechen begann, hatte sich seine Stimme völlig verändert. Sie klang nun nicht einmal mehr vordergründig ruhig, sondern ging zunehmend in ein hysterisches Kreischen über: »Nein, nein, das schlag dir mal aus dem Kopf. Wenn die Bullen mich fassen, packe ich aus. Alles. Ich hab sowieso nichts zu verlieren, aber du.« Dann änderte sich der Tonfall seiner Stimme erneut, und er legte all seinen verbliebenen Mut in die überbordende Verzweiflung: »Außerdem ist die Sache jetzt teurer geworden, bring dreißigtausend mit.«

Peter hatte genug gehört. Auf Zehenspitzen und ganz langsam, um nur kein Geräusch zu verursachen, das Heiko vertreiben würde, schlich er zurück, und erst als er wieder gepflasterten Boden unter den Füßen hatte, rannte er zum Auto.

Kaum hatte er sich ins Polster des Beifahrersitzes fallen lassen, erzählte er den anderen beiden, was er erfahren hatte und schloss mit den Worten: »Jetzt wird's ernst. Ruf sofort Jörg Stuhlbein an und berichte ihm, was wir erfahren haben. Die Festnahme ist Sache der Polizei. Außerdem könnte es gefährlich werden. Dieser Trottel versucht tatsächlich seinen Auftraggeber auszupressen wie eine Zitrone.«

Claus übernahm es, den Hauptkommissar zu unterrichten, und als er ihm die Örtlichkeiten erklären wollte, brüllte Jörg Stuhlbein so laut ins Telefon, dass es selbst die anderen beiden ohne Lautsprecher verstehen konnten: »Danke, aber ich bin bestens mit der Umgebung vertraut.«

»Na, dann eben nicht«, brummte Claus eingeschnappt und steckte sein Mobiltelefon wieder in die Hosentasche.

Als die beiden zivilen Polizeiwagen aus Hofheim eintrafen, war es vollkommen dunkel geworden. Jörg, der den Einsatz leitete, hatte Peters Wagen bereits erkannt und kam herbei. Stefan ließ das Fenster herunter und bombardierte ihn mit Fragen: »Was gibt's? Habt ihr genug Leute dabei? Kommen auch welche von der Beuthener Straße her? Sollen wir helfen?«

»Um Gottes Willen, bloß nicht. Schuchheim ist auch so schon sauer genug, dass ich euren Hinweisen überhaupt nachgehe. Aber was ich fragen wollte, Peter, hast du das Telefonat selbst mitgehört?«

Jörg Stuhlbein, der Peters phänomenales Gehör genau kannte und auch schon selbst in Aktion erlebt hatte, begann zu ahnen, dass die Detektive die ganze Zeit über recht gehabt hatten: Diesen ominösen Hintermann gab es wirklich. Deshalb hatte er seine Leute instruiert, nicht sofort zuzugreifen, selbst wenn Heiko versuchen sollte zu fliehen. Für diesen Fall stand ein weiterer ziviler Wagen mit zwei Beamten parat, die ihm so unauffällig wie möglich folgen sollten.

Doch dann geschah etwas, womit keiner von ihnen gerechnet hatte. Heiko Junker trat ohne seine Maschine aus dem Park, überquerte die Straße und ging den kleinen Fußweg zwischen den Häusern und dem Liederbach entlang. Die beiden Polizisten, die in einiger Entfernung zum südlichen Parkausgang postiert worden waren, funkten Jörg Stuhlbein an, der noch beim Wagen der Detektive stand, und erbaten neue Instruktionen.

»Folgt ihm langsam«, sagte der Hauptkommissar, »haltet aber genügend Abstand, damit der andere nicht gewarnt wird.«

Die beiden Polizisten setzten sich schnell in Bewegung, und Jörg funkte unterdessen seine Kollegen im Wagen an: »Fahrt von der anderen Seite her ran. Am Hotel vorbei und zum Hotelparkplatz. Wartet unbedingt, bis ihr den anderen seht. Dann nehmt beide fest.«

Dann schickte er die Beamten, die in der Beuthener Straße auf der Lauer gelegen hatten, den anderen beiden hinterher, die kurz zuvor in den Fußgängerweg eingebogen waren.

»Er ist weg«, tönte es plötzlich aus Hauptkommissar Stuhlbeins Funkgerät, und nur wenige Sekunden später kam krächzend hinterher: »Nein, verdammt, da vorn liegt er. Er hat einen Pfeil in der Brust. Scheiße, ich glaube, er ist tot.«

In diesem Moment war es Peter, als würde ziemlich weit weg ein Diesel gestartet, der sich schnell entfernte. Er musste sich zerknirscht eingestehen, dass es der unbekannte Hintermann wieder einmal geschafft hatte, sie trotz aller erdenklichen Vorsichtsmaßnahmen auszutricksen.

Kurz darauf kam dann auch noch der Funkspruch der beiden Beamten, die mit ihrem Wagen in den Ortskern von Münster gefahren waren: »Hier ist alles ruhig.« Nun war endgültig klar, dass der Unbekannte es ein weiteres Mal geschafft hatte zu entkommen.

Jörg Stuhlbein zückte sein Handy, rief die Spurensicherung, einen Gerichtsmediziner und auch einen Rettungswagen herbei, obwohl er sich da ganz auf die Aussage seines Kollegen verlassen konnte. Wenn Hans Heisslitz sagte: »Der Mann ist tot«, dann war das so. Aber sicher ist nun eben einmal sicher.

Dann sagte Jörg Stuhlbein verärgert: »Ich muss mir zwar vorwerfen lassen, dass ich die Sache mit dem Hintermann nicht ernst genug genommen habe. Aber jetzt kriegen wir ihn. Denn auch er hat einen Fehler gemacht. Er hat mit einem Pfeil geschossen. So viele Leute, die derart präzise mit Pfeil und Bogen umgehen können, dass sie bei nahezu vollkommener Dunkelheit einen tödlichen Schuss abgeben können, dürfte es im gesamten Rhein-Main-Gebiet nicht geben.«

Aber auch Peter, Stefan und Claus waren niedergeschlagen und müde. Nicht nur, weil es inzwischen schon nach elf Uhr war. Mit diesem Ausgang des nächtlichen Einsatzes hatte keiner von ihnen gerechnet.

»Jörg, ich hoffe, du willst uns nicht jetzt auch noch vernehmen«, sagte Claus. »Komm doch einfach morgen früh um … sagen wir, zehn Uhr bei uns im Büro vorbei. Dann werden wir dir Rede und Antwort stehen.«

»Okay, machen wir es so«, antwortete der Beamte, »fahrt wenigstens ihr nach Hause. Ich habe hier noch mindestens zwei Stunden lang zu tun.«

Am nächsten Morgen im Büro besprachen die drei Detektive zusammen mit Annika und Verena ihr weiteres Vorgehen.

Da sagte Annika plötzlich: »Meint ihr nicht, dass unser Büro für fünf Leute langsam zu eng wird?« Tatsächlich war das Büro nur etwa fünfzig Quadratmeter groß – Vorraum, Materialkammer, Teeküche und Toilette inklusive.

»Ja, schon, aber wo sollen wir auf die Schnelle ein gut gelegenes, bezahlbares und vor allem geräumiges Büro herbekommen?«, fragte Peter.

»Das mit der Lage ist, glaube ich, eher zweitrangig. Wie viele Aufträge habt ihr in der Vergangenheit durch Laufkundschaft erhalten?«

»Na ja, es waren immer mal wieder welche.«

»Zwei im Jahr?«

»Eher drei.«

»Wenn ihr die Lage mal hintenanstellt, wüsste ich da eine Lösung«, sagte Annika zur Verblüffung aller und fuhr gleich fort: »Unweit unseres Hauses wird in der Hauptstraße ein Haus gebaut. Es steht anschließend zum Verkauf. Wir wollten uns doch ohnehin schon lange einmal verändern. Du hast selbst gesagt, dass dir das alte Haus, an dem ständig etwas zu reparieren ist, ziemlich auf den Geist geht.«

»Stimmt schon. Aber was hat …«

»Hör doch erst mal zu. Das Haus ist geräumig genug, dass man im Keller ein Materiallager einrichten könnte, das grob geschätzt dreimal so groß ist wie das hier. Außerdem könnte man im Erdgeschoss locker drei Räume als Büro abzweigen. Im Hof könnten alle unsere Autos stehen, und es wäre endlich wieder ein Platz für einen neuen Beschattungsbus vorhanden, was hier auf Dauer nicht gut gegangen ist. Das wäre doch was, oder?«

»Und wo würden wir wohnen?«, fragte Peter skeptisch.

»Küche, ein Bad, das man zu zwei Toiletten umbauen könnte, und ein Esszimmer wären auch noch im Erdgeschoss. Im ersten Stock hätten wir eine geräumige Vierzimmerwohnung, und im Dachgeschoss könnten wir ein Apartment für Sven einrichten. Der Junge wird sechzehn, es wird nicht mehr lange dauern, da schleppt er seine erste Freundin an. Die beiden wären über eine sturmfreie Bude bestimmt froh.«

»Klingt gut, aber …« Bevor Peter seinen Einwand äußern konnte, ging die Tür auf und Hauptkommissar Jörg Stuhlbein trat ein.

Nun war der kleine Raum wirklich bis zum Bersten gefüllt. Jörg setzte sich, da kein freier Stuhl mehr vorhanden war, kurzerhand auf einen der Schreibtische und fragte: »So, wie war das nun gestern? Wie kamt ihr auf die Spur von Heiko Junker?«

Die Detektive erzählten ihm, was sie wussten, verschwiegen aber die Rolle, die Olli Krause in ihren Ermittlungen gespielt hatte, und Peter schloss mit den Worten: »So, und jetzt ist deine Theorie vom Einzeltäter Makulatur, oder?«

»Ja, es sieht wohl so aus, als ob ihr mit eurer Ansicht vom unbekannten Hintermann die ganze Zeit recht gehabt hättet. Das muss ich leider zugeben. Hoffen wir, dass Schuchheim es auch so sieht.«

»Geht der alte Zausel immer noch nicht in den Ruhestand?«, fragte Claus.

»Es wird noch einige Monate dauern. Bin mal gespannt, ob die Arbeit unter seinem Nachfolger angenehmer wird.

Na ja, schlechter kann es kaum noch werden und Ende des Monats, wenn der Neue vorgestellt wird, wissen wir mehr.«

»Wie geht es eigentlich Fabian Junker, ist er inzwischen wieder aussagefähig?«, brachte Stefan das Gespräch in die richtigen Bahnen zurück.

Zuerst zögerte Jörg Stuhlbein damit, Auskunft zu geben, aber dann sagte er angesichts der langen Freundschaft, die ihn mit allen Anwesenden verband: »Es geht immer noch darum, ihn überhaupt durchzubringen, die Ärzte sind aber inzwischen recht guter Dinge. Wann er und ob er wieder aus dem Koma erwacht und dann so weit wieder hergestellt werden kann, dass er aussagefähig ist, steht allerdings noch völlig in den Sternen.«

Nachdem alle schweigend einige Male an ihren Kaffeetassen genippt hatten, sagte Peter nachdenklich: »Angesichts der aktuellen Entwicklungen in diesem Fall und der zu allem entschlossenen Brutalität, mit der der Haupttäter vorgeht, müssen wir wohl davon ausgehen, dass das, was mit Fabian Junker in der Haftanstalt geschah, auch auf seine Kappe geht. Es geschah immerhin gerade rechtzeitig, bevor Fabian auspacken konnte, und er hätte in Kürze ausgepackt, da bin ich mir sicher.«

»Auch da könntest du recht haben«, sagte Jörg, »wenn er erst einmal begriffen hätte, dass er allein dran ist … aber wie um Himmels willen hätte dieser Drahtzieher es bewerkstelligen können, auf die anderen Insassen Einfluss zu nehmen?«

»Der Mann ist nicht dumm. Das haben wir bei all seinen Aktionen gemerkt. Um herauszubekommen, wen er da drinnen kontaktiert haben mag, hast du auf dem Amtsweg doch ganz andere Möglichkeiten als wir«, schwindelte Peter schmunzelnd, da er bereits Olli Krause im Hinterkopf hatte, und sah demonstrativ auf seine Armbanduhr: »Wie, so spät ist es schon? Jetzt müssen wir aber mal was arbeiten.«

Jörg Stuhlbein stand wie gewünscht auf und verabschiedete sich mit den Worten: »Ich werde mich nun mal wieder in die Höhle des Löwen zurückbegeben. Schuchheim hat für zwölf Uhr eine Besprechung angesetzt. Das kann noch heiter werden.«

Als er gegangen war, sagte Peter: »Jetzt aber ran an die Arbeit. Was meint Ihr, wo finden wir unseren Haupttäter?«

»Es muss jemand sein, der sowohl zu Jörg Volkmeier oder Anja wie zu den beiden Junkers Kontakt hat«, begann Stefan. »Jörg oder Anja waren schließlich der Auslöser, wobei ich da nach wie vor eher an Jörg glaube. Aber genau genommen liegt selbst das noch halb im Dunkeln. Aber auch seine beiden Gehilfen sind ihm nicht einfach so zugelaufen. Der Drahtzieher muss sie also schon vorher gekannt haben. Das heißt, wir müssen erneut das Vorleben von allen vieren auseinandernehmen, wobei das von Fabian Junker schon wie ein offenes Buch vor uns liegt. Er ist recht schnell, nachdem das Geschäft von Jörg und ihm dichtgemacht hat, zu seinen Eltern nach Eddersheim zurückgegangen und hat, außer sich vollaufen zu lassen, nicht mehr viel auf die Reihe bekommen. Also sollten wir feststellen, in welchen Lokalen er verkehrte. Dort könnte der Täter ihn angesprochen haben, denke ich. Mit Jörg und Anja stehen wir in regem Kontakt, sie können wir über Burkhard jederzeit erreichen. Nur über Heiko Junker wissen wir im Grunde so gut wie nichts. Also sollten wir mit ihm anfangen. Eltern, Beruf, Job, Freizeit, Hobbys und so weiter.«

»Außerdem sollten wir Olli nochmal bemühen«, warf Claus Mergentheimer ein. »Es ist schon praktisch, auf ein solches Ass zurückgreifen zu können. Ich denke, es ist in eurem Sinne, wenn er sich in die Besucherlisten der Haftanstalt einhacken würde, um zu sehen, ob jemand dort war, der in irgendeinem Bezug zu den Volkmeiers steht. Derjenige könnte den Angriff auf Fabian Junker zu verantworten haben.«

»Claus, du erstaunst mich immer wieder. So schnell die Beamtenskrupel abgelegt? Aber natürlich hast du vollkommen recht. Kümmerst du dich darum? Stefan und ich werden nach Eddersheim fahren, mit den Eltern von Fabian und Heiko sprechen und dieses Mal hoffentlich die richtigen Fragen stellen. Vielleicht sind sie jetzt, da es auch Heiko erwischt hat, etwas offener.«

Zu den beiden Frauen sagte er: »Was meint ihr, könnt ihr euch um ein paar lukrative Fälle kümmern, die in den letzten Tagen zu kurz gekommen sind? Irgendwo muss unser Geld schließlich herkommen.«

»Gern, aber erst morgen«, sagte Verena, »denn die Zwillinge wollen in Kürze ihr Mittagessen.« Annika schloss sich ihr an: »Und ich wollte mal nach Sven sehen, er hängt immerzu am Computer. Wenn ich da nicht hinterher bin, macht er nur Unfug mit dem Ding, anstatt für die Schule zu lernen.«

Kurz darauf fuhren Peter und Stefan los. Unterwegs aßen sie an einer schäbigen Imbissbude viel zu fette Pommes frites und spülten sie mit reichlich Cola hinunter.

Das veranlasste Peter zu frotzeln: »Wenn wir so weitermachen, dann müssen wir die Arbeit bald einstellen, weil wir uns nicht mehr bewegen können.«

»Ja, wir sollten wieder mehr Sport treiben«, stimmte Stefan mit schiefem Grinsen zu. »Aber seit Kim Li mit ihren beiden Kindern voll ausgelastet ist, kommen wir kaum noch zum Kampfsporttraining.«

Dann fuhren sie weiter nach Eddersheim.

Als sie in der kleinen Siedlung unweit des Bahnhofs ankamen, sahen sie schon von Weitem Horst Junker, der an seinem Auto herumschraubte.

»Na, dem scheint der Tod seines Stiefsohnes nicht allzu nahe zu gehen«, sagte Stefan, und Peter flüsterte: »Denk mal dran, wie abfällig er über ihn gesprochen hat, als wir das letzte Mal hier waren.« Dann waren sie auf seiner Höhe angekommen, und Peter grüßte: »Hallo, Herr Junker.«

»Ach – Sie schon wieder. Sie sind auch nicht viel besser als die Polente. Bei Ihren Ermittlungen scheint genauso wenig rauszukommen. Wenigstens sind Sie freundlicher als die Kommissare aus Hofheim. Überhaupt bei dem einen, Leider oder so ähnlich hieß er, hatte ich den Eindruck, er hielt mich für … für … ach, was weiß ich was. So hat er mich dann auch behandelt. Aber ein Horst Junker lässt sich so etwas nicht bieten. Denen habe ich einen schönen Mist erzählt«, sagte der Stiefvater von Heiko sichtlich stolz.

Stefan lag es auf der Zunge zu fragen, ob es nicht sein könne, dass die Polizei gerade deshalb, weil sie nur Mist erzählt bekam, gezwungen war, im Nebel zu stochern, ließ es dann aber lieber bleiben, um die momentan gute Grundstimmung nicht zu gefährden.

Genau in dem Augenblick kam Heikos Mutter aus dem Haus und trat zu ihrem Mann. Dass ihr der Tod des jüngeren Sohnes erheblich näher ging als ihm, sah man auf den ersten Blick. Sie hatte rotverweinte Augen.

»Los, fragen Sie schon, was Sie wissen wollen. Sie sehen

ja, wie es meiner Frau geht. Wir haben es eilig, ich will, dass sie mal raus und auf andere Gedanken kommt. Wir fahren zum Shoppen.«

»Zur Polizei haben Sie gesagt, dass Ihre Kinder ein Herz und eine Seele sind. Das stimmt doch so nicht ganz, oder?«

»Früher war das schon so. Aber besonders in den letzten zwei, drei Jahren hat sich eine regelrechte Rivalität zwischen den beiden entwickelt. Jeder wollte den anderen übertrumpfen. Fabian hatte sein Geschäft und Heiko seinen Sport. Heiko ist dann schon sehr bald bei uns ausgezogen, um ungehindert seinen Weibergeschichten nachgehen zu können. Als er dann auch noch Fabian die Freundin ausgespannt hat …«

»Na, na, ganz so war es auch nicht«, meldete sich plötzlich Frau Junker zu Wort, nachdem sie schon eine Weile schweigend dabeigestanden hatte. »Nicht Heiko hat sie verführt, sondern umgekehrt. Außerdem warst du es, der Heiko damals nahegelegt hat, sich eine eigene Wohnung zu suchen. Erst als Fabian nach Kelkheim gezogen ist, um sich selbstständig zu machen, wurde das Verhältnis zwischen den beiden nach und nach wieder besser. Aber als dann Fabian nach dem Aus mit seiner Firma wieder bei uns einzog, ging der ganze Zirkus von vorn los.«

»Plappere nicht so viel, ich hab nicht ewig Zeit«, fuhr Horst Junker seine Frau barsch an, und man hatte den Eindruck, er ärgerte sich, weil sie die Dinge beim Namen nannte. Dann setzte er sich ins Auto.

Aber seine Frau ließ sich nicht beirren und erzählte weiter: »Heiko und Fabian hatten früher sogar die gleiche Stammkneipe, das *Sportlerheim* bei der Sporthalle am Ortsrand; an der Straße nach Flörsheim. Aber seit Fabian wieder da war, gingen sie sich mehr denn je aus dem Weg.

Seitdem ging Fabian immer in die *Staustufe*, ein Restaurant unten am Main, damit sie sich nicht begegneten.«

»Sonderbar, dass unter diesen Vorzeichen beide zusammen an der Brautentführung mitgewirkt haben«, sagte Stefan nachdenklich, und Frau Junker wollte ihm zustimmen, aber ihr Mann unterbrach sie kurzerhand: »So, das reicht jetzt aber, steig endlich ein, sonst bleiben wir zu Hause.«

Seine Frau gehorchte augenblicklich, denn wenn Horst Junker eine Shoppingtour als Seelenkur verordnete, dann hatte man sich gefälligst nicht zu widersetzen.

Als sie die Wagentür schließen wollte, konnte er es sich aber nicht verkneifen, noch eine Pfeilspitze gegen seinen verstorbenen Stiefsohn anzuschießen: »Hat sich dieser Bast… Mistkerl doch glatt erdreistet, mein Motorrad zu stehlen, nur weil ich es im Moment nicht benutzen kann. Na wie auch immer, sehen Sie endlich zu, dass Sie den erwischen, der Fabian das angetan hat. Der Junge wurde schließlich vollkommen unschuldig in die ganze Scheiße hineingezogen.«

Er hatte den Satz noch nicht richtig beendet, da beugte er sich auf die Beifahrerseite hinüber, zog die Tür ins Schloss und startete den Wagen. Dann stieß er den alten Mercedes rückwärts aus der Parklücke und brauste davon.

Während die Detektive den beiden nachdenklich nachsahen, sagte Stefan: »Seltsames Ehepaar, die beiden«, und Peter erwiderte: »Aber immerhin ein paar neue Ermittlungsansätze.«

Da es noch nicht ganz vierzehn Uhr war, brausten die beiden schnell an das südliche Ende des alten Ortskerns von Eddersheim, wo sich das Lokal *Zur Staustufe* befand. Sie wollten die Gelegenheit nutzen, mit dem Wirt zu sprechen, bevor der am frühen Nachmittag die Gaststätte schloss.

Sie parkten unweit des Lokals am Straßenrand. Neben der Eingangstür fiel ihnen sofort ein Schild ins Auge, das ihren Wünschen sehr entgegenkam: *Wegen des schönen Wetters bleibt der Biergarten bis auf Weiteres durchgehend geöffnet.*

»Na, prima, dann nichts wie rein«, sagte Peter.

Sie betraten den kleinen Biergarten, der zwischen dem Gasthaus und dem Nachbargebäude im Hof eingerichtet und von der Straße her zugänglich war. Sie setzten sich an den letzten freien Tisch und waren sicher, dass der Biergarten sich in Kürze leeren würde. Schließlich war es ein ganz normaler Werktag, die meisten Gäste arbeiteten irgendwo im Ort und verbrachten hier ihre Mittagspause. Wenn sie weg waren, wäre die Zeit gekommen, um in Ruhe einige Worte mit dem Wirt wechseln zu können. Deshalb bestellten sie erst einmal zwei Gläser Apfelwein, warteten und sahen schweigend auf den Main, der nicht einmal fünfzig Meter vom Haus entfernt träge vorüberfloss.

Es dauerte auch gar nicht lange, da begann der Garten sich wie erwartet zu leeren, und kaum zwanzig Minuten später waren nur noch zwei Tische mit Ausflüglern besetzt, die hier mit ihren Fahrrädern zur Rast eingekehrt waren.

Peter rief den Wirt herbei, und der fragte, ob sie noch etwas zu essen wünschten, die Küche würde gleich schließen. »Nein, aber wir müssten einmal mit Ihnen sprechen. Kennen Sie Fabian Junker?«

»Warum wollen Sie das wissen?«, fragte der Wirt misstrauisch, worauf Peter Stefan und sich vorstellte. Zur Sicherheit blieben sie bei der Version, die sie auch schon den Junkers gegenüber gebraucht hatten, dass sie ursprünglich von Fabian Junker engagiert worden seien und nun den Mordversuch an ihm aufklären wollten.

»Ja«, sagte der Wirt, setzte sich zu ihnen und seufzte, »dem Jungen hat das Schicksal übel mitgespielt. Er hat sich mehr als einmal hier bei mir an der Theke ausgeheult. Erst die Firmenschließung, die sein Partner zu verantworten hatte, dann die Arbeitslosigkeit, die er nicht ertragen konnte und deshalb versuchte sich im Alkohol zu ertränken. Und dann wird er zu allem Überfluss auch noch verhaftet, weil er angeblich die Urheberin all seines Unglücks vor ein Auto gestoßen haben soll. Die Verlobte seines Kompagnons soll ihren Freund dazu gedrängt haben, den Laden dichtzumachen, und dieser Angsthase macht das dann auch noch. Aber das Härteste von allem ist ja, dass er dann zufällig zwischen die Fronten einer Gefängnisschlägerei gerät und fast totgeprügelt wird. Wenn Sie an dem Fall dran sind, dann wissen Sie doch mehr. Ist es wirklich wahr, dass er die Frau gestoßen hat, oder schreiben die Zeitungen wieder mal nur Mist?«

Da der Wirt offensichtlich Sympathie für Fabian Junker empfand, blieb Stefan in dieser Sache vage: »Es sieht ganz danach aus. Aber es gibt auch Hinweise darauf, dass er in der Haftanstalt nicht ganz so zufällig zwischen die Fronten geraten ist.«

»Was soll denn das heißen?«

»Es könnte sein, dass es einen Auftrag dazu gab«, ging Stefan mehr ins Detail, als es Peter zuerst recht war. Aber es zeigte sich gleich, dass seine Strategie aufging, denn prompt sagte der Wirt: »Da kann im Grunde nur sein Halbbruder Heiko dahinterstecken. Der hält sich ohnehin für was Besseres und glaubt tatsächlich, eines Tages Karriere als Profisportler zu machen.«

Da nun schon zum zweiten Mal innerhalb weniger Stunden im Zusammenhang mit den Brüdern das Wort Sport fiel, hakte Peter sofort nach: »Um welche Sportart geht es denn, wissen Sie das?«

»Ja klar – um Handball. Fabian hat früher auch gespielt, musste aber wegen einer Verletzung seine aktive Zeit beenden. Aber nicht nur deshalb, sondern auch, weil er dort unweigerlich auf seinen bösartigen und größenwahnsinnigen Halbbruder treffen würde, geht er nicht mehr ins Sportlerheim.«

»Danke, Sie haben uns ein ganzes Stück weitergeholfen«, sagte Stefan, und Peter gab ein viel zu üppiges Trinkgeld, bevor sie austranken, und den Biergarten verließen.

Während sie zum Auto gingen, sagte Peter: »Nichts wie los. Auf zum Sportlerheim. Wenn wir Glück haben, ist dort auch durchgängig geöffnet.«

Nur wenige Minuten später hatten sie den etwa fünftausend Einwohner zählenden Stadtteil von Hattersheim durchfahren und auf dem Parkplatz der Sportlergaststätte hinter der Halle eingeparkt. Sie gingen zum Eingang der Gaststätte und hatten hier leider nicht so viel Glück. Es war noch geschlossen. Aber da um siebzehn Uhr geöffnet wurde, wollten sie sich die verbleibende Zeit damit vertreiben, in die Sporthalle zu gehen, um dort vielleicht den ein oder anderen Mannschaftskameraden von Heiko anzutreffen und mit ihm zu reden. Als sie an der Hintertür zur Halle ankamen, hing dort jedoch ein handgeschriebener Zettel, auf dem stand: »Wegen eines Trauerfalls fällt das Training heute aus.« Zudem war der Eingang verschlossen. Die wenigen nun noch verbleibenden Minuten verbrachten sie im Auto sitzend, und jeder hing seinen Gedanken nach.

Endlich war es so weit. Der Wirt sperrte die Tür auf und ließ sie eintreten. Die beiden Detektive nahmen an der Theke Platz, und Stefan kam gleich zur Sache. Er erklärte, wer sie waren und was sie wissen wollten. Allerdings behauptete er hier, dass sie im Auftrag von Heikos Mutter arbeiteten, die die Umstände von Heikos Tod untersuchen lassen wolle. Dann bestellte er für Peter und sich eine Cola.

Der Wirt schenkte ihnen ein, hörte aufmerksam zu, und als sie ausgetrunken hatten, füllte er die Gläser mit den Worten nach: »Geht aufs Haus.« Dann sagte er nachdenklich: »Ach ja, der arme Heiko. Es hat sich schon bis zu uns herumgesprochen, was ihm passiert ist. Aber dass er selbst versucht haben soll, im Bad Sodener Krankenhaus eine Frau zu töten? Das kann ich mir nur sehr schwer vorstellen. Gut, er war ein Spinner und hat sich auch gern mal mit anderen Gästen angelegt, besonders wenn jemand etwas gegen seine Fähigkeiten als Handballer sagte. Abgesehen davon war er aber eigentlich ein ganz netter Kerl. Allerdings gab es hier vor einiger Zeit mal einen handfesten Krach mit seinem Bruder, nachdem der wieder zu Hause im Hotel Mama eingezogen war. Da hat Heiko ihm vorgeworfen, er würde immer und überall bevorzugt, und ganz besonders sein Stiefvater würde die beiden mit zweierlei Maß messen. Fabian, der Pleitegeier, würde hofiert, und er, der Spitzenhandballer, ja, genau so sagte er, wäre für alle nur der letzte Dreck. Daraufhin hat äh … Fabian hieß er, glaube ich, Heiko mit allerlei Kraftausdrücken belegt, und das konnte Heiko nicht auf sich sitzen lassen. Die beiden hätten sich beinahe hier in der Gaststube geprügelt. Als ich sie vor die Tür setzen wollte, ist dieser Fabian freiwillig gegangen. Ich hab ihn seitdem nicht wiedergesehen. Um

Heiko ist es dann auch wieder ruhiger geworden. Bis er letzte Woche angefangen hat herumzuprahlen.«

»Wieso? Was hat er denn gesagt?«, hakte Peter sofort nach, und der Wirt antwortete bereitwillig: »Er hätte ein gutes Angebot von einem ranghöheren Club bekommen und dürfe im Moment noch nicht darüber sprechen. Aber er würde es uns Zweiflern schon noch zeigen.«

»War er denn als Spieler wirklich so gut?«, fragte Stefan.

»Sagen wir mal so: In der Eddersheimer Mannschaft war er, wenn er bei seiner Disziplinlosigkeit überhaupt mal aufgestellt wurde, herausragend. Aber das ist bei einer Mannschaft, die sich gerade mal so im Mittelfeld der Kreisliga hält, auch noch nichts Besonderes. Das sind alles reine Hobbysportler. Aber dass er auf Erst- oder Zweitliganiveau unter Profis hätte spielen können, halte ich für maßlos übertrieben. Und ich verstehe auch ein kleines bisschen was davon. Ich war immerhin selbst aktiver Spieler. Aber das ist schon lange her.«

»Meinen Sie, dass an seinen Behauptungen etwas dran war? Oder alles nur heiße Luft?«, fragte Peter.

»Sie wollen wissen, ob er wirklich ein Angebot gehabt haben könnte?«

»Ja.«

»Das ist schwer zu sagen. Einmal übertrieb er so sehr, dass man meinen konnte, er hätte inzwischen sämtliche Bodenhaftung verloren, ein anderes Mal wurde er so konkret, dass ich fast schon glaubte, dass da was dran wäre.«

Peter und Stefan sahen sich an, und es war ihnen klar, dass sie das Gleiche dachten.

Dann fragte Stefan: »Konkret, inwiefern?«

»Na ja, er sagte, es wäre noch nicht ganz in trocknen Tüchern, ich sollte es deshalb für mich behalten – aber er hätte im Management eines anderen Vereins ganz in der Nähe jemanden gefunden, der fest an ihn glaubt und ihn noch in der laufenden Saison haben will. Ich sollte Augen und Ohren offenhalten, man hätte Großes mit ihm vor. Ich würde bestimmt sehr bald mehr von ihm hören. Immerhin damit hat er recht behalten. Nur leider nicht so, wie er es sich gewünscht hat. Das ist alles, was ich weiß. Können Sie damit etwas anfangen?«

»Ja, danke, damit haben Sie uns ein großes Stück weitergebracht«, sagte Peter, und der Wirt fragte: »Meinen Sie, dass Sie seinen Mörder finden? Es würde mich wirklich freuen, denn er war mir trotz all seiner Macken nicht ganz unsympathisch.«

»Ich denke, wir haben jetzt recht gute Chancen«, meinte Stefan und wollte zahlen, was der Wirt erneut ablehnte. Dann verließen die beiden Detektive das Lokal.

Während sie nach Kelkheim zurückfuhren, sagte Stefan: »Endlich ergeben sich ein paar Zusammenhänge. Es war wohl jemand aus Jörg Volkmeiers Verein. Nur wer, und warum?«

»Zum ‚Wer‘ fällt mir im Moment auch noch nicht viel ein, aber zum ‚Warum‘ wird mir soeben einiges klar. Allerdings habe ich auch einen kleinen Wissensvorsprung vor dir. Ich habe nämlich heute Morgen erfahren, dass Jörg Volkmeier für den Verein immens wichtig ist, da ohne ihn der Aufstieg fast nicht zu schaffen und schon gar nicht zu halten sein wird und …«

»Ach so, und Jörg will auf das Drängen seiner Frau hin die Sportschuhe für immer an den Nagel hängen. Dann wird auch mir einiges klar.«

»Ganz genau. Wir suchen also jemanden, der einen unmittelbaren Nutzen daraus zieht, wenn der Verein aufsteigt und nun dank Anja seine Felle davonschwimmen sieht.«

»Derjenige müsste dann aber ganz schön durchgeknallt sein, um dafür reihenweise zu morden.«

»Das sehe ich auch so. Deshalb lass uns abwarten, was Olli herausgefunden hat, dann wissen wir vielleicht mehr. Auf jeden Fall suchen wir jemanden, der nahe genug an Jörg Volkmeier dran ist, um von seinen Problemen mit Fabian Junker zu wissen und diesen zu instrumentalisieren. Gleichzeitig ist er auch so einflussreich im Verein, dass er diesem Heiko glaubhaft versichern kann, ihn zu holen, wenn er ihn bei seinem Vorhaben unterstützt.«

Inzwischen hatten sie vorm Detektivbüro eingeparkt und stiegen aus. Neugierig, ob Olli sich schon gemeldet hatte, stürmten sie ins Büro. Sich durch den engen Raum mit fünf Schreibtischen zu schlängeln war gar nicht so einfach, aber vor Claus Mergentheimers Schreibtisch angekommen, fragten sie nahezu gleichzeitig: »Na, was gibt's?«

»Gerade vor fünf Minuten ist Ollis Mail reingekommen. Aber ich sag's euch gleich, es ist etwas enttäuschend. Keiner der Namen, weder bei den Besuchern noch bei den Insassen, taucht irgendwo in unserem Fall schon mal auf. Hat sich denn bei euch was ergeben?«

Peter grinste breit und sagte: »Ja, für ganz so beschissen halte ich unsere Lage nicht mehr. Mach mir doch grad mal eine Verbindung zu Olli, wir haben da noch einen Folgeauftrag für ihn.«

Claus sah erstaunt von seinen Papieren hoch und drückte die Wahlwiederholung.

Leider teilte ihnen der Anrufbeantworter mit, dass Herr Krause anderweitig beschäftigt und erst am nächsten Morgen wieder zu sprechen sei.

»Na gut, wenn du immer noch nicht genug Kinder mit deiner Mona hast …«, kommentierte Peter grinsend und ahnte nicht, dass er mit seiner Vermutung gar nicht mal so falsch lag. Deshalb sagte er zu Claus: »Okay, schreiben wir Olli eben eine Mail, obwohl ich dazu gern in Ruhe ein paar Takte mit ihm persönlich geredet hätte. Er soll alle Namen auf der Liste auf Verbindungen zum Handball im Allgemeinen und zum Kelkheimer Verein im Besonderen abklopfen. Aus der Richtung kommen die Anschläge nämlich, so viel dürfte inzwischen klar sein.«

»Okay, ich mail ihm gleich«, sagte Claus.

»Schreib ihm dazu, dass er bei den Kosten freie Hand hat. Und dann machen wir Feierabend, es geht schon wieder mal auf acht.«

»Klar, gern, Steffi wird sich freuen. Seit ich bei euch bin, arbeite ich fast noch mehr als vorher bei der Hofheimer Kripo«, erklärte Claus grinsend, schrieb und versandte die Mail, dann verabschiedete er sich von seinen Freunden und Kollegen.

11.

Am nächsten Morgen, die Detektive hatten ihre Frühbesprechung noch nicht ganz beendet, läutete das Telefon auf Peters Schreibtisch, und Oliver Krause meldete sich ganz aufgeregt.

Er ließ Peter, der den Lautsprecher eingeschaltet hatte, gar nicht erst zu Wort kommen, sondern legte sofort los: »Ich wollte euch heute besser anrufen und keine Mail schicken, denn mir war gestern den ganzen Tag über schon so, als hätte ich einen der Namen auf der Besucherliste in irgendeinem anderen Zusammenhang schon mal gehört. Als dann am Abend euer Handball-Hinweis kam, war mir schlagartig klar, woher ich den Namen kannte. Jonas Kähler, um ihn handelt es sich nämlich, hat vorletztes Jahr um den Vorsitz beim KHV, dem Kelkheimer Handball-Verein, kandidiert. Er hat, das ging damals durch die Presse, in einer Kampfabstimmung mit nur einer Stimme Vorsprung gewonnen. Im Zusammenhang damit wurde damals viel schmutzige Wäsche gewaschen. Da war ganz schön was los. Intrigen, Verleumdungen und was weiß ich … Aber das Beste kommt noch. Er besuchte einen Harald Auermann. Der gilt ja bekanntlich als der Rädelsführer bei der Gefängnisschlägerei und als Hauptverantwortlicher für den Angriff auf Fabian Junker.«

»Ach was.«

»Aber schaut es euch doch am besten selbst mal an, was damals, und jetzt zu diesem Mordversuch – und das war's ja wohl – so alles durch die Presse ging. Ich hab euch da ein bisschen was zusammengestellt. – In eurem Mail-Fach findet ihr es.«

Claus hatte sofort geschaltet und bereits begonnen, die einzelnen Artikel auszudrucken. Unterdessen fragte Peter scheinheilig: »Olli, wann hast du denn das alles gemacht? Du hattest doch geschrieben, du hättest keine Zeit.«

»Frag bloß nicht, Mona war zuerst ganz schön sauer. Aber was tut man nicht alles für gute Freunde. Dafür habe ich sogar einen handfesten Ehekrach riskiert.«

An seinem Lachen konnte man unschwer erkennen, dass das nicht gar so ernst gemeint war und Mona aller Wahrscheinlichkeit nach sogar an der Recherche mitgewirkt hatte. Mona, eine ähnlich begabte Hackerin wie Olli, hatte ihn vor einigen Jahren in einem Internetforum für einsame Computerfreaks kennen- und lieben gelernt.

Aber die Detektive hatten im Moment weder Zeit noch Muße, sich mit den Problemchen des Internet-Ermittlers, so nannte sich Oliver Krause, seit er seriös geworden war, auseinanderzusetzen. So bedankte sich Peter schnell bei ihm und versicherte, dass er seine Rechnung wie immer umgehend bezahlen werde. Im Grunde waren er wie seine Kollegen froh, dass Olli auch jetzt noch bereit war, sich für Peter, den er schon aus dessen aktiver Polizeizeit kannte, aber erst in den Anfangszeiten als Detektiv so richtig schätzen gelernt hatte, auf Abwege zu begeben.

Kaum hatte Peter das Gespräch beendet, sagte er zu Claus: »So, jetzt kommen wir nicht mehr drum herum. Wir müssen unsere Karten auf den Tisch lagen. Ruf doch mal Jörg Stuhlbein an.«

»Schon passiert«, antwortete Claus, »in einer guten halben Stunde wird er hier im Büro sein.«

Stefan, der schon ganz interessiert in den Zeitungsartikeln las, die Olli ihnen geschickt hatte, sah auf und reichte den beiden einige davon. »Hier lest und sagt, was ihr meint. Könnte dieser Jonas Kähler unser Mann sein?«

Eine knappe halbe Stunde später betrat der Hauptkommissar das Detektivbüro.

»Na, bei euch wird's aber auch immer enger«, sagte Jörg Stuhlbein grinsend, wurde dann aber sehr schnell ernst: »Claus klang vorhin am Telefon so ernst und gleichzeitig so aufgeregt, als er sagte, ihr hättet neue Beweise. Da hab ich alles andere stehen und liegen lassen und bin direkt hergefahren. Dann legt mal los, was gibt's?«

Zuerst berichteten Peter und Stefan von ihrer Recherche am Vortag. Als sie damit fertig waren, sagte der Kriminalbeamte: »Kein Wunder, dass wir keinen Schritt vorankommen, wenn uns alle nur Unfug erzählen. Hätten die uns das erzählt …«

»Na ja«, unterbrach Peter den Hauptkommissar. »Vielleicht hat uns unsere kleine Notlüge, Fabian Junker hätte uns noch kurz vor seiner Verhaftung engagiert und wir fühlten uns ihm nun verpflichtet, bei seinen Eltern Tür und Tor geöffnet.«

»Kann schon sein. Aber so wie ich euch kenne, war das doch noch nicht alles. Es ist zwar nicht schlecht, aber auch keine Sensation. Aus welcher Richtung die Mordversuche kommen, ist damit klar. Aber was gibt es sonst noch? Ihr habt doch sicher einen konkreten Verdacht?«

»Äh … ja …«, sagte Peter gedehnt, denn er wusste nicht so recht, wie er die gehackte Besucherliste des Gefängnisses ins Spiel bringen sollte.

Aber Jörg Stuhlbein hatte ihn bereits verstanden und sagte: »Schon gut, Peter. Ich will gar nicht wissen, aus welchen dubiosen Quellen ihr eure Infos habt. Rückt einfach mit eurem Wissen raus, und ich frag nicht weiter nach, wie ihr da rangekommen seid.«

»Ehrenwort?«

»Sicher.«

»Okay«, sprang nun Claus ein und schob dem Kommissar die Besucherliste der Untersuchungshaftanstalt zu.

Der erfahrene Kriminalbeamte erkannte schon von Weitem, was er da vor sich hatte. Auf seinem Gesicht zeigte sich für einen kurzen Moment ein ungläubiges Staunen, bevor er die Liste in die Hand nahm und sich eingehend damit beschäftigte.

Nach ein paar Minuten gab er es auf. »Was soll denn daran so ungewöhnlich sein außer der Tatsache, dass ihr darüber verfügt?«

»Schau dir mal den vierten Namen von oben an. Dämmert's da nicht?«

»Ehrlich gesagt, nur teilweise. Er hat Harald Auermann besucht, also den Typen, der Fabian Junker zusammenschlug. So weit, so gut. Aber wo zum Teufel ist die Verbindung zu diesem Fall hier?«

»Du musst doch …«, begann Stefan, hielt dann aber inne, weil ihm bewusst wurde, dass Jörgs Leben bis vor wenigen Monaten in Richtung Wiesbaden ausgerichtet gewesen war, wo er viele Jahre beim Raubdezernat im Polizeipräsidium gearbeitet hatte. Welche Turbulenzen es vor zwei Jahren an der Spitze eines Provinz-Handballclubs, und mehr war der KHV bislang noch nicht, gegeben hatte, konnte er so ohne Weiteres gar nicht wissen.

Deshalb erzählten ihm die drei, was sie den Artikeln

und ihren eigenen, nun wieder präsenten Erinnerungen entnommen hatten. Es waren immerhin fast schon fanatisch anmutende Bemühungen gewesen, mit denen Jonas Kähler es letztlich geschafft hatte, den Vorstandsvorsitz zu ergattern.

Als sie geendet hatten, sagte Jörg: »Das ist wirklich ein starkes Stück, und es könnte durchaus was dran sein. Das habt ihr gut gemacht, auch wenn ich eure Methoden nicht immer ganz okay finde. Ganz besonders wundere ich mich über dich, Claus, wie schnell du … aber lassen wir das im Moment. Wie ich euch kenne, wisst ihr doch auch schon, wo dieser Kähler wohnt, stimmt's?«

»Klar doch, in Kelkheim-Hornau, im Amselweg.«

»Prima«, sagte der Beamte und zückte sein Diensthandy. Kurz darauf hatte er Hans Heisslitz am anderen Ende der Leitung und sagte: »Hol mich im Büro der Taunus-Ermittler ab, wir fahren direkt von hier aus zu einer Vernehmung. Ich lass meinen Wagen erst einmal in der Frankfurter Straße stehen, den holen wir anschließend ab. Komm schnell, weitere Infos bekommst du auf der Fahrt zu Jonas Kähler.«

Er legte auf und sagte zu den Detektiven: »So, das war der dienstliche Teil des Besuches. Bis Hans da ist, haben wir noch gute zwanzig Minuten Zeit. Rückt doch mal eine Tasse Kaffee raus. Und wie ich euch kenne, habt ihr bestimmt auch ein paar Kekse da. Ich hab heut' noch nichts gefrühstückt.«

»Wirklich nicht übel, was die dieses Mal wieder ausgegraben haben«, meinte Hans Heisslitz, während er zusammen mit Hauptkommissar Stuhlbein unterwegs zum Kelkheimer Villenviertel war. »Es war schon ganz richtig, dass

Claus immer gut mit den Detektiven zusammengearbeitet hat.«

»Ja, schon«, erwiderte Jörg Stuhlbein mit einem etwas verkrampften Lächeln. »Aber stell dir mal vor, wir hätten in Wiesbaden …«

»Halt«, sagte sein Kollege so energisch, dass Jörg verwundert zu ihm hinsah. »Du bist nicht mehr in Wiesbaden. Hier in der Provinz – und da sind wir, auch wenn wir mitten im Rhein-Main-Gebiet sind – ticken die Uhren eben etwas anders. Auch Claus hat schon immer mit den Taunus-Ermittlern Hand in Hand gearbeitet und dadurch so manchen Fall gelöst, bei dem erst die Detektive mit ihren, zugegebenermaßen, unkonventionellen Methoden den richtigen Ermittlungsansatz ausgegraben haben. – Auch in unserem Fall hier könnte das so sein. Mal angenommen, der Chef vom Handballverein wäre ausgerastet, weil er seine hochfliegenden Pläne …«

»Na ja, hören wir erst mal, was er dazu sagt, vielleicht erweist sich alles als heiße Luft«, sagte Jörg Stuhlbein und beendete damit vorerst das Thema, wie zukünftig mit den Detektiven umzugehen sei.

Hans Heisslitz klangen die Ohren, so sehr hörte sich das nach Schuchheim an. Er verstand die Welt nicht mehr, denn schließlich waren Claus, die Detektive und der Hauptkommissar schon seit Jahren befreundet. Insgeheim nahm er sich vor, mit Claus Mergentheimer, der ihm immer ein guter Vorgesetzter und Freund gewesen war, auch weiterhin zusammenzuarbeiten. Wenn es unbedingt sein musste, auch gegen den Willen seines neuen Vorgesetzten. – Dass auch Jörg Stuhlbein mit dieser Situation alles andere als glücklich war, ahnte er nicht.

In diesem Augenblick parkten sie vor dem beachtlichen

Haus von Jonas Kähler. Sie stiegen aus und waren noch nicht ganz an der Haustür aus massivem Eichenholz angekommen, da wurde ihnen schon geöffnet, und eine elegante Frau, deren Alter schlecht einzuschätzen war, trat aus der Tür.

»Sie wünschen?«

Jörg Stuhlbein stellte seinen Kollegen und sich vor, da sagte die Frau: »Kommen Sie mit ins Arbeitszimmer, mein Mann erwartet Sie bereits.«

Dann führte sie die Kriminalbeamten durch ein Haus, das seinesgleichen suchte. Schlichte Eleganz und guter Geschmack, wohin man sah. Der Kommissar wunderte sich bereits, dass ihnen angesichts des offensichtlichen Wohlstands der Hausherren die Dame des Hauses persönlich geöffnet hatte. Aber schon im nächsten Augenblick bekam er die passende Erklärung dazu geliefert.

Nachdem sie in den mit antiken Möbeln und einer Sitzgarnitur in rot-braunem Büffelleder ausgestatteten Raum betreten hatten, sagte die Frau: »Sie entschuldigen, dass ich mich jetzt zurückziehe. Unser Hausmädchen hat heute frei, und ich muss mich um das Mittagessen kümmern.«

»Ist schon in Ordnung«, sagte Jörg, »falls sich Fragen an Sie ergeben sollten, was ich nicht glaube, können wir ja nach Ihnen rufen.«

Als sie gegangen war, bot ihr Mann, ein großer, schlanker Herr, der sechzig, aber ebenso gut auch siebzig Jahre alt sein konnte, ihnen Platz an. Sein schneeweißer Haarkranz und der üppige, ebenfalls weiße Schnauzbart machten es unmöglich, sein tatsächliches Alter zu schätzen.

Erst als sie saßen, sagte er: »So ganz habe ich den Grund Ihres Besuchs vorhin am Telefon nicht verstanden. Bemühen sich wegen meines gestohlenen Personalausweises gleich zwei Beamte der Kriminalpolizei hier her?«

»Ihr Personalausweis wurde gestohlen?«, fragte Hans Heisslitz verblüfft, denn es war das erste Mal, dass er davon hörte.

»Ja, in etwa vor drei Monaten. Ich habe es nach einer Sitzung im erweiterten Managementkreis des Vereins bemerkt, und am nächsten Morgen, als ich mir sicher war, ihn nicht verloren zu haben, sofort Anzeige erstattet.«

»Sind Sie ganz sicher, dass er gestohlen wurde?«

»Absolut. Er steckte immer in einer Mappe in meiner Aktentasche, aber Tasche und Mappe sind da. Der Ausweis nicht. Es muss ihn jemand hinausgenommen haben. Von selbst fällt er nicht raus. Aber, sagen Sie, warum sind Sie denn gekommen, wenn nicht wegen des Ausweises?«

»In gewisser Weise sind wir schon deshalb da«, beantwortete Hans Heisslitz seine Frage, beging dann aber die Unbedachtheit zu sagen: »Ihr Name taucht da in einer Ermittlung mit bislang drei Morden und zwei Mordversuchen auf.«

»Was erlauben Sie sich!«, fuhr nun der bislang so distinguiert wirkende Herr auf, »mich des Mordes zu verdächtigen! Ich möchte, dass Sie mein Haus umgehend verlassen. Das ist eine Frechheit ohnegleichen. Da ist man schon kooperationsbereit und dann so etwas. Es ist … ist …«

Jörg Stuhlbein versuchte die Wogen zu glätten: »Da haben Sie meinen Kollegen aber gründlich missverstanden. Irgendjemand hat sich vermutlich mit Ihrem Ausweis eine Besuchserlaubnis bei einem Gefangenen in der Untersuchungshaftanstalt beschafft. Niemand hat behauptet, dass Sie das wirklich waren.«

»Dann ist ja gut«, sagte der Mann und ließ sich erschöpft zurückfallen, nachdem er vor Ärger aufgesprungen war.

»Könnten Sie uns trotzdem ein aktuelles Foto von Ihnen

überlassen, um ganz sicherzugehen?«, fragte Hauptkommissar Stuhlbein.

»Wozu? Wollen Sie die Beamten dort befragen? Meinen guten Namen in den Schmutz ziehen? Fragen Sie doch einfach denjenigen, den ich besucht haben soll.«

»Er wurde bei einer Gefängnisschlägerei selbst schwer verletzt. Wir müssen erst einmal in Erfahrung bringen, ob er überhaupt schon wieder vernehmungsfähig ist. Außerdem könnte er lügen«, sagte Jörg Stuhlbein, aber das genügte schon, um sein Gegenüber erneut in Rage zu bringen.

Wutschnaubend stand er auf, ging zu einem Aktenregal, nahm ein in der Tat nagelneu aussehendes Foto aus einem dort stehenden Rahmen und sagte scharf: »Hier, nehmen Sie schon, aber dann möchte ich Sie bitten zu gehen und erst wiederzukommen, wenn Sie etwas Konkretes haben. Aber selbst dann bin ich nur noch bereit, in Gegenwart meines Anwalts mit Ihnen zu reden.«

Als Jonas Kähler bei seinen letzten Worten auch noch blutrot anlief und sich unwillkürlich in die Herzgegend fasste, wussten Jörg und Hans, dass sie ihn im Moment nicht weiter belasten durften, zumal sich der vage Anfangsverdacht gegen ihn im Moment nicht weiter erhärten ließ.

Die Detektive beobachteten gespannt die Straße, wo noch immer Jörgs Dienstwagen stand. Wenn er ihn nach dieser Vernehmung abholte, wollten sie ihn abpassen, um mehr zu erfahren. Schließlich wollten sie genau wissen, was die Befragung ergeben hatte, die erst durch ihre Recherchen möglich geworden war.

Ihre Verblüffung war vollkommen, als sie Jörg Stuhlbein und Hans Heisslitz in keiner Weise bedrängen mussten und die beiden ihnen bereitwillig ins Büro folgten, um von der

Vernehmung zu berichten. Erst als der Hauptkommissar zum Ende kam, wurde ihnen so einiges klar, denn er sagte: »Bedankt euch bei Hans. Er hat mich davon überzeugt, dass es besser ist, mit euch zu arbeiten als gegen euch. Solange ihr offen zu uns seid und auch sonst keine gravierenden Gründe dagegen sprechen, werde ich versuchen, die gute Tradition von Claus fortzuführen. Heute Nachmittag fahren wir erst einmal in die Haftanstalt und prüfen, ob es nicht doch dieser Kähler gewesen sein könnte, der die Besuchserlaubnis bekommen hat.«

Einige Stunden später, die Kommissare Stuhlbein und Heisslitz waren nach einem knappen Mittagessen in der neuen Polizeikantine auf dem Weg zur Untersuchungshaftanstalt, fragte Jörg Stuhlbein seinen Kollegen: »Sag mal, war das zu Claus' Zeit auch schon so, dass die Detektive euch oftmals einen Schritt voraus waren? Ich kenne Peter und Stefan nun schon einige Jahre als Privatdetektive, aber so bewusst wie heute ist mir das früher noch nie geworden.«

»Meistens schon. Doch das hat nichts damit zu tun, dass die beiden die besseren Kriminalisten sind. Sondern schlichtweg damit, dass sie zum einen andere Möglichkeiten haben, die sich – zugegeben – auch mal am Rande der Legalität bewegen. Zweitens damit, dass viele Leute ihnen mehr vertrauen als uns – was ich nur schwer nachvollziehen kann –, und drittens hat es mit unserem lieben Herrn Schuchheim zu tun. Sobald er von einem guten Ansatz der Detektive hört, nimmt er schon aus Protest sofort die gegenteilige Position ein. Aber das wirst du, wenn du erst lange genug hier bist, auch noch merken.«

»Na ja, das Thema Schuchheim wird sich in Kürze von selbst erledigen.«

»Meinst du, es wird dann besser?«

»Ich hoffe es. Neue Besen kehren bekanntlich gut.«

»Aber auch die müssen die Ecken erst kennenlernen«, sagte Hans Heisslitz lachend, und Jörg Stuhlbein stimmte ein: »Nun gut, wir werden sehen, wie sich der Neue macht. Kommt Zeit, kommt Rat.«

Während Jörg das sagte, bog Hans auf den Parkplatz der Untersuchungshaftanstalt ein. Nur wenige Minuten später saßen sie im spartanisch eingerichteten Büro des Leiters der Haftanstalt.

Sie erklärten ihm den Sachverhalt und dass sie mit den Beamten sprechen wollten, die am fraglichen Tag den Besucher, der sich als Jonas Kähler ausgewiesen hatte, eingelassen und zum Besucherraum geleitet hatten. Dann fragten sie, ob der Besuchte inzwischen vernehmungsfähig sei.

»Aber klar, der ist wieder wohlauf. Hat erst viel schlimmer ausgesehen, als es war. Seit vorgestern ist er wieder hier. Sie können versuchen, mit ihm zu reden. Vielleicht bringt's mal was.«

»Das ist sehr gut«, sagte Hauptkommissar Stuhlbein, »aber erst kommen die Beamten dran. Wer sind die Leute?«

»Das ist zum einen unser Pförtner Konrad Lachner, der hat ein geradezu fotografisches Gedächtnis, und zum anderen der Vollzugsbeamte Stegmayer. Er war es, der an diesem Tag die Besucher begleitet hat. Ich sehe schnell nach, ob beide gerade im Dienst sind. Wenn sie hier sind, lasse ich sie rufen. – Harald Auermann ist aber auf jeden Fall da«, versuchte der Anstaltsleiter witzig zu sein, kam damit aber bei den Hofheimer Kriminalbeamten nicht so richtig an.

Auch die Detektive konnten sich an diesem Tag nicht über Langeweile beklagen, denn kaum hatten die beiden Beamten das Büro verlassen, kam ein Anruf von Burkhard Pfannmöller. Er kündigte ihnen an, dass sein Schwiegersohn auf dem Weg zu ihnen sei, um ihnen etwas Wichtiges mitzuteilen. Dabei schloss er mit den Worten: »Tut mir den Gefallen, bleibt da. Geht nicht fort oder macht Feierabend, bis er bei euch war. Wenn er nicht innerhalb der nächsten Stunde bei euch auf der Matte steht, ruft ihr mich bitte an. Dieser ... äh ... Esel hält vielleicht schon lange ein wichtiges Beweisstück in den Händen und merkt es nicht mal. Als er mir am Telefon davon erzählt hat, was ihm da gerade in die Hände gefallen ist, bin ich fast ausgeflippt und ...«

»Was ist es denn?«, unterbrach Stefan ihn neugierig.

»Ach, das soll er euch am besten selbst erzählen. Ich hätte ihm aber am liebsten den Kopf abgerissen. Er hatte Glück, dass das Telefon zwischen uns war. Ich habe ihn auf jeden Fall unverzüglich zu euch geschickt. Rückt ihr ihm den Kopf zurecht, ja?«

Bevor Stefan noch etwas sagen konnte, hatte der Anwalt bereits aufgelegt.

Burkhard Pfannmöller musste seinem Schwiegersohn bereits gehörig ins Gewissen geredet haben, denn schon kurz darauf betrat der geknickt aussehende junge Mann das Büro. Die drei Detektive boten ihm Platz an und sahen erwartungsvoll zu ihm hin.

»Was gibt's?«, fragte Peter und stellte sich unwissend, worauf Jörg Volkmeier antwortete: »Das ist eine lange Geschichte.«

»Na, dann los, wir haben Zeit«, sagte Claus aufmunternd, und plötzlich sprudelte alles aus Anjas Ehemann heraus. Er begann mit dem Abend, als er, um den Kopf frei zu bekommen, joggen gegangen war und auf dem Parkplatz hinter dem griechischen Lokal eine Halskette mit Kreuzanhänger, wie manche Männer sie tragen, gefunden hatte.

»Und was hat das mit …«, setzte Peter an.

Da erzählte der junge Mann auch schon weiter: »Ich habe anschließend im Lokal noch etwas getrunken und wollte dem Wirt die Kette eigentlich übergeben, damit er seine Gäste fragen könnte, ob einer von ihnen sie verloren hat. Aber unter dem Eindruck, dass meine frisch Angetraute schwer verletzt im Krankenhaus lag, habe ich erheblich mehr getrunken, als ich vertrage. Ich hab's schlicht vergessen.«

»Aber später?«, fragte Stefan, und Jörg antwortete schuldbewusst: »Dann kam der Anruf aus der Klinik, dass es Anja so schlecht ginge. Also bin ich sofort los, und der Jogginganzug flog, mit der Kette in der Hosentasche, in den Schrank. Erst heute Mittag, ich wollte mit Anja – der es glücklicherweise schon fast wieder gut geht – oben im Wald bei Schmitten etwas joggen gehen, habe ich den Anzug geholt und hatte plötzlich diese Kette wieder in der Hand. Burkhard hat mich so was von zusammengestaucht …«

»Und wo ist die Kette jetzt?«, unterbrach Peter ihn ebenfalls etwas ungehalten, nachdem Jörg gerade dabei war, in einen lockeren Plauderton überzugehen.

Mit einem knappen »Hier« zog der junge Mann das Silberkettchen aus der Hosentasche.

Er reichte es Peter, und der sah es sich genau an. Der Verschluss war defekt, und es war offen. Vermutlich war es demjenigen, dem es gehörte, vom Hals gefallen. Es konnte sehr gut möglich sein, dass das der Täter war. Sofort schaltete sich Peters Kopfkino ein, und er stellte sich den möglichen Ablauf vor. Der unbekannte Hintermann hatte vermutlich rauchend neben seinem Wagen gestanden und auf die Brautentführer gewartet, als der Verschluss kaputt ging und das Kettchen herunterfiel. Wahrscheinlich hatte er keine Zeit mehr gehabt, danach zu suchen, weil schon im nächsten Augenblick sein Einsatz gefragt war. Vielleicht hatte er es später holen wollen, es aber nicht mehr gefunden, weil Jörg Volkmeier es bereits aufgehoben hatte. Das würde zumindest teilweise erklären, warum die Sache so sehr eskaliert war.

Peter reichte die Kette an Stefan weiter, der sie genauso eingehend untersuchte, bis er plötzlich innehielt.

»Peter, hast du das gesehen?«, fragte er aufgeregt.

»Was?«, rief Claus, bevor Peter es tun konnte, und Stefan erklärte: »Hier sind zwei Glieder in der Kette, die sind wie eine Gravurplatte eingearbeitet. Da steht so klein was drauf, dass ich es nicht mal lesen kann.«

Peter war viel zu verblüfft, dass er das übersehen hatte, und ließ Stefan gewähren, der eine Lupe nahm und las: »Für J.H. – oder K., das kann man nicht mehr richtig lesen, da ist ein Kratzer drüber. Auf jeden Fall aber von E.S.«

»J.K. wäre einleuchtend, das hieße Jonas Kähler. Aber J.H.?«

»Gib mal her«, sagte nun Claus, nahm Kette sowie Lupe und untersuchte seinerseits das Schmuckstück. »Ich bin eindeutig für J.H.«, sagte er nach einer Weile.

Während die drei Detektive Jörg Volkmeier ausquetschten, waren die Kommissare Stuhlbein und Heisslitz damit beschäftigt, die Beamten der Haftanstalt zu befragen. Die Befragung des Pförtners, dem ein fotografisches Gedächtnis nachgesagt wurde, hatte ihnen kaum weitergeholfen, obwohl er ihre Fragen präzise beantworten konnte. Der Beamte erklärte ihnen mit absoluter Sicherheit, den Mann auf dem Foto noch nie zuvor gesehen zu haben. Auch konnte er ausschließen, dass ihm ein Ausweis mit einem solchen Foto vorgelegen hatte. Der Mann war jünger gewesen und hatte ganz bestimmt weder weißes Haar noch Schnauzer.

»Immerhin ein Hinweis darauf, dass Jonas Kähler die Wahrheit sagt, wenn er behauptet, noch niemals hier gewesen zu sein. Auch wenn uns das dem wahren Besucher keinen Schritt näherbringt«, meinte Hauptkommissar Stuhlbein, aber sein Kollege sagte aufmunternd: »Nun ja, wir haben immer noch den Vollzugsbeamten, der den Besucher zum Besuchszimmer geführt hat.«

Wenige Augenblicke später betrat Justizwachtmeister Stegmayer den Raum, und als die Kommissare ihm erklärt hatten, was sie wissen wollten, bestätigte er das, was sein Kollege ihnen bereits zu verstehen gegeben hatte: »Dieser Mann war es auf jeden Fall nicht. Ich habe das Bild des Mannes, den ich zum Gefangenen Harald Auermann geleitet habe, noch ganz genau vor Augen. Er war mindestens fünfzehn, vielleicht auch zwanzig Jahre jünger als der auf dem Foto und hatte an der Stirn schütteres, aber nach hinten hin üppiges, langes, zu einem Pferdeschwanz gebundenes, dunkelblondes Haar. Er war etwa eins achtzig groß und wirkte kräftig, im Sinne von durchtrainiert. Ich hoffe, Sie können mit dieser Beschreibung etwas anfangen.«

»Danke, das hilft uns schon mal ein ganzes Stück weiter. Ich wünschte, alle Aussagen wären so präzise«, sagte Jörg Stuhlbein und fügte hinzu: »Könnten Sie veranlassen, dass uns auch noch der Häftling Auermann zugeführt wird?«

»Das ist schon veranlasst«, mischte sich nun der Direktor ein, »er wird in etwa zehn Minuten hier sein. Möchten Sie derweil vielleicht eine Tasse Kaffee trinken?«

So gern die beiden Kommissare das Angebot angenommen hätten, es kam nicht mehr dazu, denn im nächsten Augenblick ging die Tür auf, und zwei Vollzugsbeamte führten einen renitenten Mann herein, der offensichtlich etwas dagegen hatte, vorgeführt zu werden.

»Was soll ich denn, zum Teufel, schon wieder hier? Wird das bei euch Idioten jetzt zur Gewohnheit? Ich hab die Schnauze voll von diesem Polizeistaat. Könnt ihr Arschlöcher mich nicht einfach in Ruhe lassen, ist das zu viel verlangt?

Und genau so ging es dann auch weiter.

»Wer sind denn diese Hampelmänner dort? Was wollen die von mir?«, fragte er in Richtung Direktor.

»Wir sind die Kommissare Stuhlbein und Heisslitz von der Kripo in Hofheim. Wir haben einige Fragen an Sie.«

»Was hab ich mit Hofheim zu schaffen?«, kam es zuerst mürrisch von Harald Auermann, bevor er sich grinsend an die Polizeibeamten wandte: »Fragen könnt ihr Affen gern, aber ob ich antworte …«

»Na ja, versuchen wir es mal«, sagte der Direktor, aber es klang weniger hoffnungsvoll als resignierend.

»Können Sie sich noch an den Mann erinnern, der Sie vor fast zwei Wochen besucht hat?«, fragte Hauptkommissar Stuhlbein.

»An meinen Anwalt?«

»Nein, den anderen.«

»Ich bin doch nicht blöde. Oder meint ihr Gehirnakrobaten vielleicht, ich wär so verkalkt, dass ich den einzigen Besucher, den ich hatte, nach nicht mal zwei Wochen bereits vergessen habe?«

»Nein, aber wir wollen von Ihnen wissen, wer er war.«

»Ach so. Ihr werdet es nicht glauben, aber es war der

Knecht Ruprecht, der hat mir mit der Rute gedroht. Ho, ho, ho.«

»Können Sie denn zur Abwechslung nicht einmal kooperativ sein und etwas Vernünftiges antworten?«, fuhr der Gefängnisdirektor den Gefangenen Auermann an, da drehte sich dieser so ruckartig zu ihm herum, dass der Vollzugsbeamte, der in der Nähe der Tür wartete, hinzusprang, um ihn festzuhalten, falls er auf den Direktor losginge.

Stattdessen sagte Harald Auermann aber nur mürrisch: »So, mir reicht's. Ich habe jetzt die Schnauze voll. Leckt mich doch alle mal am Arsch. Ich hab Schmerzen, an denen ihr nicht ganz unschuldig seid. Ich will zurück in meine Zelle und sag jetzt gar nichts mehr.«

So sehr die Kommissare sich auch bemühten, ihn umzustimmen, aus dem Mann war kein vernünftiges Wort mehr herauszubekommen. Zehn Minuten später gaben sie entnervt auf.

Zum Glück war Jörg Volkmeier kooperativer. Er gab den Detektiven bereitwillig Auskunft auf alle ihre Fragen.

»Gibt es bei euch im Verein denn jemanden mit den Initialen J.H.?«, fragte Peter so scharf, dass Jörg Volkmeier erschrocken aufsah.

»Ja, ja … gleich, äh, gleich mehrere«, stotterte er. »Da ist zum Beispiel Jürgen Hilbrecht. Er ist wie ich aktiver Spieler und vielleicht der drittbeste der Mannschaft. Außerdem noch unser Kassenwart, Jerome Harris, er ist Deutschamerikaner. Er ist der Sohn eines GI und einer Frau aus Frankfurt. Er ist hier geboren. Außerdem gibt es da noch Jochen Holsteiner, unseren Trainer. Ehrlich gesagt, ich traue keinem von ihnen zu, mit der Tat etwas zu tun zu haben.

»Weißt du, ob irgendjemand von den dreien mit einer oder einem E.S. liiert ist oder war?«

»Nein, keine Ahnung, wirklich.«

»Bist du da ganz sicher?«

»Lediglich mit Jürgen hab ich so viel privaten Kontakt, dass ich weiß, seine derzeitige Freundin heißt Lara. Aber das kann sich bei ihm ziemlich schnell ändern.«

»Dann heißt das, wir müssen verdeckt vor Ort recherchieren. Wann habt ihr wieder Training?«, fragte Claus.

»Heute Abend. In knapp drei Stunden geht es los.«

12.

Inzwischen war es Abend geworden, und die Detektive waren auf dem Weg zur Handballhalle, um sich dort umzusehen. Dabei wollten sie, als Zuschauer getarnt, ganz unauffällig die drei Kandidaten, unter denen einer der Täter sein könnte, unter die Lupe nehmen.

»Claus, hast du noch einmal mit Jörg Stuhlbein telefoniert, ob sich heute Nachmittag in der Untersuchungshaftanstalt etwas Neues ergeben hat?«

»Ja, aber es ging nur ein neuer Kollege dran, der im letzten Jahr dort angefangen hat und mich nicht kennt. Der hat mir nur so viel verraten, dass sie noch unterwegs sind.«

»Auch gut, dann haben wir eben etwas Vorsprung. Dennoch solltest du versuchen, ihn weiterhin zu erreichen. Denn das mit der Kette und den Initialen darauf sollte er zeitnah erfahren. Außerdem könntest du ihn vorsichtig aushorchen, ob wir uns weiterhin auch auf Kähler konzentrieren müssen.«

Während Claus das tat, parkte Stefan vor der Halle ein. Langsam, als wären sie ganz normale Fans, die ihrer Mannschaft zuschauen wollten, schlenderten sie zur Halle hinüber, wo das offene Training stattfand. Sie setzten sich nahe dem Spielfeldrand auf einen der unteren Ränge und beobachteten das Geschehen in der Halle. Das Training hatte noch nicht begonnen, aber einige Spieler waren schon da und wärmten sich auf, indem sie sich einen Ball zuwarfen.

Nach nur wenigen Augenblicken hatten sie Jürgen Hilbrecht ausgemacht, der ihnen von Burkhards Schwiegersohn perfekt beschrieben worden war. Er schien etwas nervös zu sein, aber das konnte auch damit zusammenhängen, dass die Mannschaft für das vermutlich wichtigste Spiel in ihrem Leben trainierte.

Claus versuchte bestimmt schon zum fünften oder sechsten Mal, Jörg Stuhlbein zu erreichen, aber entweder war besetzt, oder niemand ging ran.

Dann entdeckte Stefan Jerome Harris, den Kassenwart des Vereins. Er betrat in der hintersten, recht düsteren Ecke die Halle durch einen der Nebeneingänge und blieb hier nicht sehr nahe am Spielfeldrand stehen. Er schien völlig in Gedanken versunken zu sein. Hätte ihn nicht seine üppig wuchernde Mähne verraten, sie hätten ihn bestimmt im Halbdunkel dort übersehen. Aber auch hier hatte Jörg Volkmeier eine präzise Beschreibung geliefert.

Noch während er vom Parkplatz zur Halle hinüberging, dachte der Mann an den Anruf, den er eine Stunde zuvor erhalten hatte und der ihn tatsächlich so sehr verunsicherte, dass er das erste Mal in seinem Leben viel zu spät kam. Sein Verwandter im Knast hatte ihm gerade, als er fortgehen wollte, mit seinem illegal beschafften Handy angerufen und mitgeteilt, dass er Besuch von der Kripo gehabt hatte. Sie hätten ihm ziemlich unangenehme Fragen zu seinem Besuch gestellt. Harald Auermann hatte ihm zwar versichert, dass er dichtgehalten hatte und das auch schon im eigenen Interesse so bleiben würde. Aber ihm war klar, dass die Vollzugsbeamten wahrscheinlich mit einer recht guten Personenbeschreibung dienen konnten.

Niemals wäre er auf die Idee gekommen, dass es den Bullen gelingen konnte, hinter die Zusammenhänge seiner Taten und somit auch auf seine Spur zu kommen. Aber dass sie bei Harald gewesen waren, konnte nur bedeuten, dass sie ihm schon sehr viel dichter auf den Fersen waren, als er das für möglich gehalten hatte.

Scheiße, ich muss auf der Hut sein, dachte er, während er seine Sportschuhe anzog. *Vielleicht war es ein Fehler gewesen, Heiko abzumurksen. Das muss sie wohl auf meine Spur gebracht haben.*

Dann ging er in die Halle.

Gerade als der Mann die Halle betrat, bekam Claus Anschluss. Er sprach kurz mit Franz Leitner, der den Apparat sofort an Hauptkommissar Stuhlbein weitergab. Claus berichtete ihm davon, was Jörg Volkmeier ihnen im Laufe des Nachmittags eingestanden hatte, wie sie die verräterischen Initialen auf der Kette entdeckt und welche Schlüsse sie daraus gezogen hatten.

Der Hauptkommissar stimmte ihren Schlussfolgerungen zu und bestätigte, dass sie sich um Jonas Kähler nicht mehr zu kümmern brauchten. Als er durchs Mobiltelefon den Trainingslärm hörte, wurde er misstrauisch und fragte, wo sie denn gerade seien. Deshalb unterrichtete Claus Mergentheimer ihn darüber, dass sie gerade als Zuschauer beim Training in der Halle waren, um die drei möglichen Kandidaten in Augenschein zu nehmen.

»Ich komme hin, verhaltet euch bitte ruhig und schreckt mir den eventuellen Täter nicht auf«, sagte der Kriminalbeamte, dann gab er ihm noch eine Beschreibung des Mannes, der im Untersuchungsgefängnis gewesen war.

»Verdammt, der Trainer«, sagte Claus leise, aber in der zufällig gerade einmal ruhigen Halle klangen seine Worte wie Donnergrollen in den Ohren seiner Kollegen.

Ob Jochen Holsteiner ihn gehört hatte, blieb unklar, aber genau in dem Moment sah er zu den drei Detektiven hinüber und wurde schon allein deshalb sofort misstrauisch, weil sich sonst nur selten Zuschauer zum Training in die Halle verirrten. Er hielt die drei Detektive vermutlich für Polizeibeamte, die bereits nach ihm Ausschau hielten, und ergriff nur wenige Augenblicke später die Flucht.

Claus, der noch immer Jörg Stuhlbein am Handy hatte, rief aufgeregt hinein: »Verdammt, Holsteiner macht sich aus dem Staub. Leitet sofort die Fahndung nach ihm ein«, und legte auf.

So bekam er nichts mehr davon mit, wie sein Nachfolger bei der Hofheimer Kripo mit einer gehörigen Portion Sarkasmus sagte: »Danke für den guten Tipp, da wäre ich jetzt nicht drauf gekommen.«

Während die Detektive dem Flüchtenden auf den Parkplatz hinaus folgten und dort nur noch sahen, wie sein Wagen mit quietschenden Reifen auf die Straße fuhr, fragte Hauptkommissar Stuhlbein Hans Heisslitz: »Du hast ja mitgehört. Ist die Fahndungsmeldung raus?«

»Klar, alles erledigt.«

»Hast du dich schon um die Adresse von diesem Holsteiner gekümmert?«

»Das macht Barbara gerade.«

»Okay, dann lass uns schon mal zum Auto gehen, Barbara soll uns die genauen Daten per Funk durchgeben. Ich habe das unbestimmte Gefühl, er glaubt sich einen gewissen Vorsprung erarbeitet zu haben, und will noch mal heim, um Geld oder Papiere zu holen oder beides. Es würde mich nicht wundern, wenn wir eine gute Chance hätten, ihn dort zu erwischen.«

Als die beiden zusammen mit zwei uniformierten Kollegen in einem zweiten Wagen vom Hof rollten, wussten sie schon, wohin sie fahren mussten. Glücklicherweise war es nicht allzu weit entfernt, nur etwa einen Kilometer Luftlinie vom Polizeirevier entfernt, am anderen Ende der Altstadt. Als sie dort ankamen, lag das ältere Mehrfamilienhaus, in dem Holsteiner eine kleine Dachgeschosswohnung bewohnte, nahezu vollkommen im Dunkeln, denn inzwischen war es schon nach zweiundzwanzig Uhr.

Es schien so, als ob auch im Erdgeschoss und im ersten Stock niemand zu Hause wäre. Doch dann sahen sie im Treppenhaus einen schwachen Lichtschein, wie ihn eine Taschenlampe verursacht.

»Fordern wir Verstärkung an, oder gehen wir rein?«, fragte Hans.

»Weder noch. Er ist von hinten über die rückwärtige Straße gekommen; da steht bestimmt auch sein Auto. Das will er vermutlich auf dem nächsten Rastplatz gegen ein anderes eintauschen. Also werden wir ihn hinten empfangen. Unsere beiden Kollegen sichern derweil den Vordereingang für alle Fälle. Um Verstärkung herbeizurufen, ist es ohnehin zu spät. Außerdem glaube ich nicht, dass er sich den Weg freischießen wird. Er ist zu überrascht, dass wir schon da sind, nachdem er geglaubt hat, uns in Kelkheim abgehängt zu haben.«

Die beiden Beamten schlichen sich zur Rückseite des Grundstücks und waren keinen Moment zu früh, denn kaum hatten sie ihre Position eingenommen, da sahen sie ihn auch schon durch den Garten zum Zaun schleichen. Gerade als er darübersteigen wollte, packten sie ihn – und er ließ sich widerstandslos und, wie sie vermutet hatten, völlig überrumpelt festnehmen.

Als die Handschellen um seine Handgelenke klickten, murmelte er: »Verdammte Scheiße.«

Drei Tage später, die Protokolle waren geschrieben und unterzeichnet, saßen die Detektive und ihre Frauen, zusammen mit Jörg Stuhlbein und seiner Frau Kim Li in Stefans Wohnzimmer.

Sie hatten, da sie sich alle auch privat kannten, einen schönen Abend verbracht und zur Freude Stefanie Mergentheimers nur wenig über den gerade abgeschlossenen Fall geredet.

Als sich Jörg und Kim Li Stuhlbein verabschieden wollten, fragte Peter jedoch: »Und, habt ihr genug Beweise gegen den Mistkerl?«

»Seit wir die Garage mit dem Unfallwagen gefunden haben, an dem übrigens noch Haare und Blut von Kai Abraham klebten, und reichlich Fingerabdrücke von Holsteiner sichern konnten, hat er eingesehen, dass Leugnen keinen Sinn mehr macht. Als die Staatsanwaltschaft schließlich andeutete, dass man bei uneingeschränkter Kooperationsbereitschaft bereit wäre, auf die Forderung nach der Feststellung der besonderen Schwere der Schuld zu verzichten, redete er wie ein Wasserfall.«

»Wie habt ihr die Garage denn jetzt so schnell gefunden?«

»Sie wurde bereits vor vielen Jahren noch von seiner Ex-Frau angemietet, deshalb tauchte sein Name nirgends in den Mietverträgen auf. Aber nachdem wir auch die anderen Verwandtschaftsverhältnisse geklärt hatten, ging alles ganz schnell.«

»Welche denn?«, fragte nun Stefan, und die Runde, die gerade im Begriff gewesen war sich aufzulösen, sank wieder in die Sessel zurück.

»Jonas Kähler ist sein Ex-Schwager; der ältere Bruder seiner geschiedenen Frau. Ihm konnte er im Verein nahe genug kommen und problemlos seinen Ausweis stehlen.«

»Ist er denn damit wirklich ins Gefängnis gekommen?«

»Na ja, nicht direkt. Es hätte mein Vertrauen in die Justizverwaltung auch sehr erschüttert, wenn die Beamten das nicht bemerkt hätten.«

»Nicht direkt, was heißt das?«, fragte Peter ungeduldig. »Hat er den Ausweis als Vorlage für eine Fälschung benutzt?«

»Ganz genau. Er hat sich einen falschen Pass beschafft und diesen mit den Daten von Jonas Kähler bestückt. Damit hat er Auermann im Gefängnis besucht, um ihn für seine Zwecke einzusetzen. Dieser Auermann ist ebenfalls ein weitläufiger Verwandter von ihm, mit dem er allerdings schon seit Jahren kaum noch Kontakt hatte. Nun bot er ihm plötzlich an, sich um seine Wohnung, seine Möbel, sein Auto und so weiter zu kümmern, während er im Gefängnis ist. Und ihm nach seiner Entlassung zu helfen, wieder auf die Beine zu kommen. Auermann sah es, auch wenn es offenbar nie direkt angesprochen wurde, als seinen Part des Deals an, Junker fertigzumachen. Als Dank dafür, dass er dafür jetzt noch ein paar Jährchen obendrauf, aber keine Hilfe beim Neustart mehr bekommt, singt auch dieser Auermann wie eine Nachtigall.«

»Weil du gerade Fabian Junker ansprichst. Wie geht es dem eigentlich?«, fragte Claus.

»Junker ist gestern Abend aus dem Koma erwacht. Bis er

allerdings Klinik, Reha und Gefängnis hinter sich gebracht hat, dürfte noch so manches Jahr vergehen. Falls er überhaupt noch einmal haftfähig werden wird. Selbst das steht im Moment noch in den Sternen.«

»So, jetzt gehen wir aber nach Hause und erlösen unsere Babysitterin«, sagte Jörg Stuhlbein lachend, »bevor das hier noch zu einer Detektivstory-Runde verkommt.«

»Ja, wir machen uns auch mal so langsam vom Acker«, stimmte Stefanie Mergentheimer zu. »Ich bin nur froh, dass unsere Carola mit ihren fast siebzehn Jahren schon so erwachsen ist, dass sie meistens nicht mehr mitwill. So bleibt wenigstens ihr das erspart.«

Anfang Juli war dann wieder Ruhe im Detektivhaushalt eingekehrt, und Peter glaubte schon, Annika hätte den kostspieligen Plan vom neuen, größeren Haus inzwischen wieder aufgegeben.

Aber eines Abends sagte sie, kurz vorm Schlafengehen: »Ich war bei der Bank und habe mal nachgesehen, was vom Erbe meines ersten Mannes noch übrig ist. Wir bräuchten nur noch einen ganz kleinen Minikredit, und die Finanzierung steht. Aber wir müssten uns schnell entscheiden. Es gibt bereits jetzt mehrere Interessenten, und das Haus wird ab nächste Woche offiziell angeboten.«

»So?«, sagte Peter und versuchte es ganz beiläufig und gelangweilt klingen zu lassen, denn Annika brauchte vorerst nicht zu wissen, dass er trotz aller finanziellen Bedenken im Grunde ganz angetan war von ihrer Idee, das Detektivbüro auf diese Art zu vergrößern.

»Hast du schon mal mit Sven darüber gesprochen?«

»Bis jetzt noch nicht. Ich wusste nicht, wie. Machst du das? Du triffst bei Sven oftmals den besseren Ton.«

»Klar doch, am besten gleich«, sagte Peter schmunzelnd, stand auf und stieg die alte, knarrende Holztreppe hinauf in den ersten Stock, wo Svens Zimmer lag, das wirklich nicht das geräumigste war.

Er klopfte an und trat ein. Sven, der am Computer gesessen hatte, fuhr wie von der Tarantel gestochen herum und klappte blitzschnell seinen Laptop zu. Dennoch hatte Peter sehr genau bemerkt, auf welchen Seiten sich sein Stiefsohn, zu dem er ein ausgezeichnetes Verhältnis hatte, gerade bewegte.

Er tat so, als hätte er nichts bemerkt, erzählte ihm, was seine Mutter sich da ausgedacht hatte, und fragte ihn, was er denn von Annikas Idee hielt, ihm im Dachgeschoss ein eigenes Apartment einzurichten. Bestimmt würde er ja, wie seine Mutter meinte, in Kürze seine erste feste Freundin anschleppen.

»Oh ja, das wäre schön«, sagte der Junge zuerst bereitwillig, um dann nachdenklich hinzuzufügen: »Es wäre allerdings noch schöner, wenn ich dabei einen eigenen Eingang haben könnte.«

Dann wandte sich Sven wieder seinem Schreibtisch zu.

»Ich muss mir die Pläne einmal ansehen, vielleicht lässt sich das über eine Außentreppe einrichten. Allerdings glaube ich, dass sich deine Mutter bei den Freundinnen, die du ihrer Meinung nach bald anschleppen wirst, getäuscht hat.«

Mit einem Ruck flog Svens Kopf erneut herum, und er starrte Peter ungläubig an, der sich allerdings nichts anmerken ließ. Dann errötete der Kopf des beinahe Sechzehnjährigen wie ein Feuerball.

ENDE